雪ひとひら

江戸菓子舗照月堂

篠 綾子

時代小説文庫

角川春樹事務所

目次

第一話　亥の子餅　7
第二話　寒天　65
第三話　雁の子　127
第四話　雪ひとひら　184

主な登場人物

瀬尾なつめ　菓子職人を志し、駒込の菓子舗「照月堂」で職人見習い中。京の武家に生まれるが、七歳のとき火事で父母を亡くし、兄・慶一郎は生死不明。以降、大休庵の主・了然尼に引き取られ、江戸駒込で暮らす。

照月堂久兵衛　菓子舗「照月堂」の主。若いうちに京で修業。菓子職人としての高みを目指す。父・市兵衛、女房のおまさ、子の郁太郎、亀次郎と暮らす。

市兵衛　「照月堂」の元主。現在は隠居。梅花心易《ばいかしんえき》という占いを嗜む好々爺《こうこうや》。

辰五郎　「照月堂」の元職人。独立し、本郷に「辰巳屋」を開くも、「照月堂」を商売敵とみる「氷川屋」の妨害に遭う。

氷川屋勘右衛門　上野にある菓子の大店《おおだな》「氷川屋」の主。久兵衛の菓子作りの腕前に脅威を感じ、「照月堂」を敵視する。

しのぶ　氷川屋勘右衛門の一人娘。幼い頃母を亡くす。父の強引なやり方を嫌っている。なつめとは仲のいい友。

菊蔵　「氷川屋」の職人で腕がいい。なつめの想い人。

安吉　「照月堂」で働いていたが、その後久兵衛の紹介で京の菓子司《かしつかさ》「果林堂」で修業中。

雪ひとひら

江戸菓子舗照月堂

第一話　亥の子餅

一

明け方の鐘が聞こえてきて、なつめは寝床から身を起こした。秋から冬へ季節が進むにつれ、夜が長くなっていく。

そのせいか、もう夜明けかと思って目が覚めても、明け六つ（午前六時）の鐘が鳴るにはまだ間《ま》があるということが、近頃はよくあった。

十月一日の朝、身じまいを済ませたなつめは障子《しょうじ》を開け、思わぬ寒さに身をすくめた。見上げた空は薄曇りである。冬になると、昼間は気持ちよく晴れる日でも、明け方の空は薄暗いことが多い。

輝くような夜明けの空を見られれば、少しは気持ちが和らぐように思ったが、なかなか願い通りにはいかなかった。

昏《くら》さを残した空を見ていたら、ため息を吐《つ》いてしまう気がして、なつめはそっと障子を閉めた。

部屋を出て、勝手口から庭へ行くと、すでにお稲《いね》が井戸端にいた。お稲は夫の正吉《まさきち》と共に、ここ大休庵《だいきゅうあん》の主人了然尼《りょうねんに》となつめの世話をする住み込みの奉公人である。

「なつめさま、おはようございます」

お稲は手にしていた水桶《みずおけ》を置いて、頭を下げた。なつめが挨拶《あいさつ》を返すと、

「十月になりますと、やっぱり朝は冷え込みますねえ」

と、お稲はかじかんだ手をこすりながら言った。

「ええ。これからどんどん寒くなっていくのでしょうね」

なつめの口から漏れる息も、かすかに白い。

「そろそろ炬燵《こたつ》の用意をしませんと」

お稲の言葉に、なつめは炬燵の温もりを思い出した。寒い夜、置炬燵の上にかけた布団に身を入れた時の、眠くなるような居心地のよさ。それを思えば、冬もよいものだという気がする。

大休庵の炬燵は炉を床より低く設けた掘り炬燵ではなく、移動できる置炬燵であった。了然尼の部屋に一つ、なつめの部屋に一つ。

どちらも皆が一緒に入るような大炬燵ではない。一緒の家に住まう者たちが集まり、一つの炬燵に入って温もる大炬燵を、なつめは照月堂《しょうげつどう》に出入りするようになって初めて知っ

たのだが、町家《まちや》ではこれがふつうだという。

なつめ自身は京の実家でも父や兄と同じ炬燵を使ったことなどなかった。

「炬燵開きは亥の子《いこ》の日ね」

「はい。今月の六日でございます」

お稲はすぐに答えた。

亥の月である十月の最初の亥の日に、炬燵開き、炉開きを行うものとされている。これは、陰陽五行説によれば亥が「水」の性質を持っているため、火難を避けるという意味合いがある。また、いのししが火の神たる摩利支天《まりしてん》の使いであることに由来する、という説も、なつめは了然尼から教えられたことがあった。

「冬は火事も多いですから、特に注意しませんと。なつめさまもお気をつけください」

心配そうに言うお稲にうなずいた後、

「ところで、亥の子の日に食べるお餅《もち》のことなのだけれど」

と、なつめは切り出した。

「〈亥の子餅〉のことでございますね」

「ええ。今年は照月堂のものを持ち帰ろうと思っているんです」

亥の子餅は十月の亥の日亥の刻（午後九～十一時）に食べる餅のことで、なつめが照月堂で働き出す前までは、お稲が作っていた。もち米と大豆や小豆《あずき》などの穀物を混ぜて作った餅で、ふつうの丸形をしている。

照月堂で作る亥の子餅は、楕円《だえん》型の餅に焼き鏝《ごて》でいのししの目鼻や耳をつけたものであった。うさぎといのししという違いを除けば、見た目は〈望月《もちづき》のうさぎ〉に似た菓子なのだが、餅に穀物や果実を混ぜているので食感や色合いが異なる。また、砂糖で甘みをつける望月のうさぎとは異なり、素材を生かした素朴な味わいであった。

「もちろん、正吉さんとお稲さんの分も、ちゃんと取り置いてもらうようにします」

「分かりました。でしたら、よろしくお願いします」

お稲はそう言い置き、水桶を手に台所へ向かった。

一人残ったなつめは井戸水を汲《く》み上げる。冬の水はひやっとする冷たさで、それで顔を洗うと、少しは身の引き締まる心地がした。

それから朝餉《あさげ》を終え、出かける仕度を調《ととの》えたなつめは庭へ向かった。月替わりの今朝は大休庵の棗《なつめ》の木に挨拶をする。

（父上、母上）

すでに葉を落とした棗の木に向かって両手を合わせた。

（間もなく炬燵開きとなります。火難に遭わぬよう、どうか見守ってくださいませ）

そして、兄上の御身《おんみ》もお守りください――と続けて祈った。父母が火事で亡くなり、兄の慶一郎《けいいちろう》が行方知れずとなってから、はや九年。

表向きは父母と共に死んだとされている兄の亡骸《なきがら》だけが、焼け跡から見つからなかった。

そのため、兄は必ずどこかで生きていると、なつめは信じている。神仏にも父母の御霊《みたま》にも、兄と再会させてくださいと、ずっと祈り続けてきた。

その甲斐《かい》あってか、なつめは半年ほど前、兄かもしれない人物の話を耳にした。照月堂に出入りする薬売りの行商粂次郎《くめじろう》とその息子の富吉《とみきち》――彼らの家は駿河《するが》にあるのだが、その近所に暮らす「けいさま」という医者が兄ではないかと思われたのである。

くわしい話を聞こうとしていた矢先、粂次郎は入れ違いで照月堂を去ってしまい、確かめることはできなかった。

今年の秋にはまた来ると粂次郎は言っていたのだが、今月の五日には立冬を迎える。もしや自分と会うのを避けているのか。それとも、旅先で何かあったのか。

行商の父子のことも気にかかったが、ここへ来て、なつめは是が非でも兄と再会したいのかどうか、自分でも分からなくなり始めていた。慶一郎自身がなつめとの再会を望んでいるとは限らないと、了然尼や露寒軒《ろかんけん》から言われたためである。

了然尼はなつめが父母を亡くして以来、ずっと支えてきてくれた、いわば育ての母とも呼べる人。露寒軒はその了然尼の友人で、なつめが江戸へ来て以来ずっと、温かく見守り続けてきてくれた人で、かつては慶一郎の師匠でもあった。

尊敬する二人からの言葉は、その場ですぐに受け容《い》れられるものではなかったが、時を置いてから心に沁《し》みてきた。

特に、慶一郎が人の妻と不義の噂《うわさ》を立てられていたと知ってからは、兄が自分の見知らぬ人のようにも思え、兄が再会を望んでいないという言葉も、真実味を持って感じられたのである。

なつめは棗の木を前に両親への挨拶を終えると、いつもの道順で照月堂へと向かった。

心が空白になると、つとそこへ忍び入ってくる面影がある。

厳しく引き締まった端整な顔。最後に会った時、振り返ることなく去って行った背中。

それらは今、心に浮かべるにはあまりにつらく、なつめは強いて意識しないよう努めねばならなかった。それを持続させるには、絶えず他のことを考えるしかない。

兄慶一郎のことを、なつめは再び思い浮かべた。兄と自分が引き裂かれることになったあの九年前の火事――。

（そもそも、あの火事はどうして起こったのかしら）

兄が不義を働いたという噂と火事は、関わりがあったのだろうか。

（兄上が慕っていた女人がいるのだとすれば、その人は今、どうしているのだろう）

これまで考えたこともなかった問いが、ふと浮かんできた。

その人は今も京に暮らしているのだろうか。それとも、京を去ったのか。

駿河にいるかもしれない兄はまさか今、その人と一緒にいるのだろうか。

（いいえ、そんなこと、あるはずがない。相手の方は夫のある身でいらっしゃるのに）

だが、一度不義の噂を立てられた以上、武家の妻女が何事もなく暮らしていけるはずがない。まして瀬尾家《せのおけ》が断絶という憂き目を見た以上、世間の目はいっそう厳しくなったことだろう。

（そのような場合、離縁されるか出家……）

ふっと了然尼の姿が脳裡《のうり》に浮かんだ。

今となっては俗世の姿さえ想像しにくい了然尼が、かつて道ならぬ恋に身をやつしたことがあったという。その話を、なつめは了然尼本人から聞き、その相手だった男の人にも会ったのだ。

（了然尼さまのようなお人でも、恋の奴《やっこ》にとらわれておしまいになる）

ならば、九年前、今の自分と同じくらい若かった兄が、許されぬ恋にとらわれても不思議はないし、それは他の者が責めることではないのかもしれない。

（私には許されない恋の苦しみは、分からないけれど……）

一度遠ざけた人の面影が、めぐりめぐって浮かび上がってくる。

菓子職人になるという同じ志を持ち、なつめが一緒にその道を進んで行きたいと願った菊蔵《きくぞう》。その人への想いが恋であるとなつめが自覚した時、菊蔵は照月堂で働く道を選ばなかった。

この恋は、了然尼や慶一郎がそうであったように、道義上許されぬわけではない。しかし、叶《かな》わぬ恋と分かった今、なつめは了然尼や慶一郎がたどった道に、自らを重ね合わせてしまうことがあった。

思いにふけりながら歩いているうち、前方がいつになく騒々《そうぞう》しいことに気づいて、なつめは目を向けた。

人の数がやけに多い。通り沿いに建っていた一軒の家屋が丸ごとなくなっている。何があったか見当がつくと同時に、ものが焼け焦げた後の臭いが鼻をついた。

（火事……）

両脇の隣家は無事なので、大きな火事となる前に、建物を壊して類焼《るいしょう》を防げたらしい。なつめは焼け跡の前まで行って足を止めた。表通りに面したそこは店があったはずなのだが、何の店だったか、すぐに思い出せない。

そこには打ち壊された末、焼け残った木材が無残に打ち捨てられていた。

「不始末かい、まさか火付けじゃあるまいね」

「夫婦で堅い商いをやってた信濃屋《しなのや》さんだ。よりにもよって、他人さまから恨みを買うようなことはあるめえ」

「店が忙しくなってきたってんで、新たに口入屋《くちいれや》から人を雇ってただろう。大方、あの若《わ》えのが不始末でもやらかしたんだろ」

「嫌だね。これだから、新しい人を入れる時は念を入れなきゃならないのさ」

野次馬たちが口々に言い合う言葉が耳に入ってくる。なつめは焼け跡からそっと目をそらし、歩き出した。

火事の起こった場所から遠ざかるにつれ、焼け焦げた臭いも薄れていく。それが完全に消えた頃、照月堂に到着した。

火事の現場は照月堂から五町ほどのところであったから、久兵衛《きゅうべえ》やおまさは火事についてすでに耳にしていたらしい。

「おはようございます」

というなつめの挨拶を受けるのもほどほどに、

「ああ、なつめさん。昨晩、近くで火事があったのよ」

と、おまさが慌ただしい口ぶりで告げた。

「はい。こちらへ伺う途中、焼け跡を目にいたしました。信濃屋さんと耳にしましたが」

「ああ、蕎麦屋《そばや》だ。安くてうまい蕎麦を食わせるってんで、評判の店だったんだがな」

久兵衛が気の毒そうな口ぶりで言う。

「火付けではなく、不始末じゃないかって、焼け跡の近くにいた人たちが言っていました」

「まあ、確かなことはまだわかっちゃいねえが、火付けってことはまずねえだろう。不始末だと、蕎麦屋を続けるのは難しいだろうな」

「あそこの旦那さん、お裁きを受けることになるのかしらねえ」

おまさが憂い顔を久兵衛に向けて尋ねた。

「不始末なら、罰金か手鎖《てぐさり》といったところだろうな」

「おお、怖いこと。うちも気をつけないと」

「当たり前だ。この江戸で商いをやってく上で、火の始末以上に気をつけなきゃならないことはねえ」

身震いするおまさに、久兵衛が押しかぶせるような調子で言った。

「本当にねえ。江戸は火事が多くて。なつめさんは京の生まれだから、来たばかりの頃は驚いたんじゃないの？」

おまさがなつめに目を向けて問う。

「え、ええ。京にも火事はありましたけど……」

実家の火事のことが頭をよぎり、なつめは少し動揺した。が、その時の記憶がないせいか、恐ろしい場面などが思い浮かんだわけではなく、小さな動揺はおまさにも気づかれなかったらしい。

「あら、そう。でも、江戸みたいに多くはないでしょう？」

「……はい」

「まあ、炉開きも近い。火の始末はもちろんだが、気を引き締めていくぞ」

久兵衛の言葉に、なつめは「はい」と答え、先に厨房《ちゅうぼう》へ向かう。

京で自ら火事を経験したことは話さなかった。久兵衛たちはなつめが京で親を亡くしたことは知っているが、火事のことまでは知らないはずだ。別に隠しているわけではなかったし、この機に話してもよかったのだが、何となく言いそびれてしまった形である。

（それにしても）

火事のことをまったく覚えていないのはどうしてなのだろう。あの晩、父と兄の諍《いさか》いを耳にし、少しばかり不安を抱きながら眠りに就いた時のことまでは、はっきり覚えているというのに。

夜、深い眠りに落ちていたとはいえ、屋敷が焼け落ちるほどの火事で目が覚めないというのもおかしい。それとも、あまりに悲惨なありさまを見た衝撃で、その時のことをすっかり忘れてしまったのか。

それならそれで焼け跡などに遭遇すれば、記憶が喚起されたりするものではないのか。だが、なつめは今朝に限らず、これまでも火を怖いと思ったことはなかった。

（私は本当に火事に遭ったのかしら）

火事からしばらく寝込んでいた後、それまで暮らしていた屋敷跡をこの目で見たが、その時はもう更地になっていた。だから、火事に遭ったという実感はどうしても湧かない。

あれこれ考えているうちに、厨房の前まで来てしまった。ここから先は、菓子作り以外のことは考えない。昔の火事のことも、行方知れずの兄のことも、恋しかったあの人のことも。

なつめは心を落ち着けると、一度深呼吸してから、厨房の戸を開けた。

二

なつめが厨房へ入って道具の確認をしているところへ、久兵衛がやって来た。

「今日から神無月《かんなづき》だな」

気合いのこもった声である。

「今年は、北村《きたむら》さまから炉開きの日の注文を受けている」

なつめは真剣な面持ちで「はい」と答えた。

炉開き当日の注文とあれば、北村季吟《きぎん》がそれだけ久兵衛の菓子を認めているということになる。

「炉開きは六日だ。それで、明日から辰五郎《たつごろう》に仕事を頼むつもりでいる」

久兵衛の言葉に、なつめはうなずいた。厨房の人手が足りなくなった時は、元照月堂の職人辰五郎に手伝いに来てもらうことになっている。

辰五郎は独立して辰巳屋《たつみや》という店を開いたものの、上野の菓子舗氷川屋《ひかわや》の妨害に遭ってからいったん店を閉め、今は仕出しの団子を作って生計を立てていた。その辰五郎が手伝ってくれるとはいえ、いつまでもこのままというわけにはいかない。そこで、氷川屋の職人菊蔵に打診していたものの、先月断られたばかりであった。

以来、久兵衛が菊蔵の話をすることはなく、なつめとしてはありがたかったが、厨房の人手不足は先送りされた形である。

「お前はその間、辰五郎の下についてくれ」

「はい。いつも通りですね」

辰五郎に頼むのは、主菓子《おもがし》の注文が入った時であったから、この場合、主菓子作りは久兵衛が一人で行い、店に出す菓子は辰五郎の分担となる。なつめは辰五郎の下で、その手伝いをするというのが、これまでのやり方であった。

「そうだ。ただ、今回北村さまにお持ちするのは亥の子餅だ」

なつめは昨年食べた照月堂の亥の子餅を思い出した。あれは、黒文字《くろもじ》を入れて上品に食べるというより、草餅や鶉餅《うずらもち》のようにそのままかじりつく方が似合う菓子であった。それを、北村家からの注文である茶席の菓子として供するのだろうか。

なつめのそんな内心を察したかのように、

「今までうちで出してた亥の子餅を、北村さまにお届けするわけじゃねえ。店には去年まで同じ餅を出すが、それとは別に茶席用の亥の子餅を作るつもりだ」

と、久兵衛は言った。

店で売る亥の子餅には餡《あん》を入れていないが、茶席用には餡を入れるつもりだという。それを日持ちがよくて、やわらかな求肥《ぎゅうひ》で薄く包み、表面に何らかの工夫をする。久兵衛の語る新しい菓子について、なつめは一言も聞き漏らすまいとしっかり耳を澄ませた。

「餡はつぶ餡でしょうか、こし餡になさるのでしょうか」

なつめが尋ねると、

「お前はどっちがいいと思う?」

と、久兵衛は逆に問い返した。

「茶席でしたら、こし餡かと思いますが」

口当たりのよさから、そう答えたものの、なつめはふと考え込んだ。こし餡には小豆餡と白餡があり、それを包む求肥は薄さや色次第で、中身が透けて見えるだろう。

「求肥は白いままのものをお使いになるのでしょうか」

亥の子餅はいのししの子供——うりぼうに見立てた菓子なので、真っ白のものはあまり作られない。白い求肥なら、小豆餡が透けた方が亥の子餅らしいだろうか。または、色付きの求肥に白餡という組み合わせでもいいかもしれない。

なつめの問いかけがそうした疑問を踏まえてのことだと気づいたのか、久兵衛はにやりとした。

「そこは、俺も思案を重ねたところだ。で、結局は求肥に色をつけようと思ってる」

「どんな色合いになさるのですか」

これまで食べてきた亥の子餅は、さまざまな穀物を入れて作ったものであったから、ちょっと暗く濁った色合いをしていた。とはいえ、そもそもうりぼうがどんな色なのかと問われると、なつめは本物を見たことがなかった。そのことを話すと、

「実は、俺もうりぼうは見たことがねえんだ」

と、久兵衛は言った。

「聞いたところじゃ、成長したいのししより明るくて薄い褐色らしいな。で、背中に縞模《しま》様がついてるんだ」

「あ、はい。しまうりのような模様だから、うりぼうって呼ばれてるんですよね」

その話はなつめも聞いたことがあった。

「ああ。だから、俺は主菓子にも店用の菓子にも、模様をつけようと思ってな。うりぼうらしさを出すため、表面は明るい褐色にする。縞模様は本来なら白らしいが、ここは明るい黄色を使ってみたい」

久兵衛はすでに試行錯誤を進めていたらしい。そんな話を聞けば、自分ももっと技を磨きたいと思うし、やる気や熱気を呼び起こされる。これから作る菓子を話から思い描くのも楽しかった。

「で、中に入れる餡だ」

久兵衛が話を元に戻して言う。

「外を褐色の求肥で包むなら、中は白餡にする」

色をつけても、薄い求肥なら中身の餡が透けるだろう。褐色の求肥に小豆餡では見た目が暗くなるが、中身が白餡ならば明るく見える。

「白餡ですか」

より具体的になった菓子を想像し、楽しげななつめに、久兵衛はそうだとうなずいた。

「お前も白餡のこつをつかんだ頃だろう。餡は俺が作るが、豆を煮るところは手伝ってもらうぞ」

「では、お店に出すお品の方は……」

「もちろん、辰五郎に来てもらってる間、お前の仕事の中心はそっちだ。が、お前が白餡の修業中だとは辰五郎に話しておくから、お前もその心づもりでいろ」

自分の修業のために労を取ってくれる久兵衛に、なつめは感謝した。外面だけでは、厳しい親方のように見えるが、実のところ、久兵衛はとても濃《こま》やかに弟子の面倒を見る親方である。辰五郎や安吉《やすきち》に対しても、対立したり厳しい態度を見せたりすることはあったが、最後は本人が最もよい道を進んで行けるよう力を添え、それを認める。

指導者としての久兵衛のすばらしさを目の当《ま》たりにして、なつめはつい菊蔵の顔を浮かべてしまった。菊蔵が、この久兵衛のもとで働くことになっていたら、今頃は……。

だが、今は菊蔵のことを考えてはならないと、なつめは気持ちの整理をつけた。

炉開きの亥の子餅は、久兵衛の凝った手わざを見られるよい機会である。白餡を拵《こしら》え、求肥を拵え、餡を包んで表面に模様をつける、その工程を細かなところまでしっかり見て、頭に焼き付けよう。

「それから、な」

亥の子餅の話が終わると、久兵衛はなつめから目をそらし、どことなく歯切れの悪い物言いになって続けた。

「今の話とは別だが、明日の昼過ぎ、店の外で頼みてえことがある」

「はい。何でもお申しつけください」

「菓子とは関わりねえ用事なんだが、明日はおまさについて行ってやってくれ」

どこへ、何しに、という言葉は続かなかった。久兵衛に今、それを告げるつもりがないことを知り、なつめは分かりましたとうなずいた。

「明日は昼から辰五郎が来てくれるから、店のことはいい」

用事が済んだらそのまま帰ってくれてかまわないと言われ、その話は終わった。それから、なつめはその日の菓子作りに取りかかり、付き添いの一件はいったん頭から離れてしまった。

その日の帰りがけ、おまさに挨拶をした際、

「うちの人から聞いたと思うけれど、なつめさん、明日はよろしくお願いしますね」

と、声をかけられた。

「はい。お昼過ぎの御用の件ですね」

なつめの言葉に「ええ、そう」とうなずき返したおまさからも、どこへ行くのか、どんな用件なのか、という説明はなかった。

なつめもあえて尋ねることなく、照月堂を後にしたのだが、帰り道、おまさの表情がどことなくいつもと違っていたような気がしてきた。はっきり分かるほどではなく、思い出してみればそうだったと気づく程度のことなのだが。

（心配事があるというふうにも見えなかったけれど……）

やはり明日の用向きに関わっているのだろうか。そんなことを考えながら歩いていたため、なつめは久しぶりに自分の物思いにとらわれることなく、大休庵に到着していた。

三

その日、夕餉を了然尼と共にした後、なつめは明日の件について分かる範囲で伝えておくことにした。

「行く先を聞いていないので、帰りが早くなるか遅くなるかは分からないのですが、明日は出先からそのまま帰ることになっております」

「分かりました」

了然尼は湯呑《ゆの》み茶碗《ちゃわん》を膝の上へ持っていき、静かにうなずいた。

「照月堂はんのことやさかい、案じるようなことはないと思いますが、日の入りも早うなってきました。あまり遅くなるようなら駕籠《かご》を使うようにしなはれ」

了然尼の言葉に、なつめは「はい、分かりました」と応じた。

「今日から神無月。もう炉開きが近いんどすなあ」

了然尼は、今朝なつめとお稲が井戸端で交わしたやり取りについて、お稲から聞いたと述べた。

「今年は、照月堂はんの亥の子餅をいただけるんやとか」

「はい。私は去年、お店で頂戴《ちょうだい》しましたが、今年は了然尼さまにも味わっていただきたいと思いまして」

「それは楽しみなこと。ほな、亥の刻にはわたくしも茶を点《た》てることといたしまひょか」

了然尼は柔らかな笑みを浮かべて言った。

（それならば、旦那さんが北村さまのためにお作りになる主菓子の方が合うかも）

今朝お稲と話を交わした時は、店で売る素朴な餅菓子のつもりだったが、了然尼の分だけでも茶席用の亥の子餅を持って帰れないだろうか。話を聞けば、久兵衛もぜひ了然尼にと言い出すような気もしてくる。

茶を飲む了然尼の美しい所作をぼんやり眺めていると、その後ろの床の間がふと目に入った。確か、昨日までは黄菊が活《い》けられていたはずである。

「お花が……」

なつめの呟《つぶや》きを耳に留めた了然尼が、湯呑み茶碗を置いて、体の向きを少し変えた。

「へえ、替えましたのや。冬らしいですやろ」

花器に活《い》けられていたのは、真っ白な花びらを持つ、清楚《せいそ》でありながら華やかにも見える一輪の花であった。

「椿《つばき》……でしょうか。それとも、山茶花《さざんか》？」

なつめが久しぶりに見る冬の花を前に、その区別をつけかねていると、了然尼はほほっと笑った。

「山茶花は椿の仲間ですさかい、その見極めは難しゅうおますなあ」

「葉の大きさが違うと聞いたこともありますが、それだけでは……」

一輪だけ活けられた目の前の花を、こちらと見極めることはできない。なつめが小さな息を吐くと、

「これは山茶花でおます」

と、了然尼は楽しそうに答えた。

「見極め方はいくつかありますが、花の咲く時季の違いもあります。晩秋から初冬に咲き始めるのは山茶花で、椿はもう少し遅うおますな」

「今咲いているのは、山茶花ということでございますね」

「へえ。他にも、散り際の違いで見極めることもできます。花ごと落ちる椿に対し、山茶花は花びらが散って命を終えますさかい」

床の間に活けた花は大休庵の庭に、今朝咲いたばかりのものなのだと、了然尼は続けた。

「そういえば、なつめはんは山茶花を漢字で書くことができますか」

「はい。山に茶に花と書くのだと思いますが」

「その通りどす。けれど、それをそのまま読んでも、『さざんか』にはなりまへんやろ」

「そういえば……」

改めて言われると、おかしいということになつめは気づいた。

「そのまま読むのであれば、『さんさか』もしくは『さんちゃか』でございますよね」

なつめの言葉に、「そうどすな」と了然尼はうなずいた。

「もともとは『さんさか』『さんざか』と言うてたそうどす。それが時を経て、『さざんか』になったのやとか。山の茶と書かれるのも、葉をお茶にしていたからどす。山に生えているお茶の木の花やさかい、山の茶の花と書かれるそうや」

「そうだったのですか」

葉がお茶になるとは知らなかったと、なつめが感心していると、「そうや」と了然尼が思い出したように言って、立ち上がった。部屋の隅の書棚へと向かい、一冊の書物を手に戻ってくると、それをなつめの方に向けて差し出す。

「なつめはんにと思うて、取り置いたんどす」

茶の湯の話で思い出しました――と、了然尼ははんなりとした声で言う。

手に取って見れば、表紙には『利休道歌《りきゅうどうか》』と書かれた紙が貼られていた。

「利休道歌……とは？」

なつめは初めて目にする言葉を呟いた。

「利休さまのことは存じてはりますやろ」

「それはもう」

茶の湯をたしなまない者でもその名は知っている。なつめは茶の湯の作法について、一通りのことは了然尼から学んでいた。

「その利休さまが茶の湯を学ぼうという人のために説いた言《こと》の葉《は》を集めたものが、この『利休道歌』どす。百首あるさかい『利休百首』と言われることもありますなあ」

茶の湯の心得を詠《よ》んだ歌なのだが、ある一つの道を志す者にとって、胸に沁みる歌が多いのだという。

なつめは了然尼に促され、冊子本の表紙をめくってみた。初めの一葉に書かれた歌が目に入ってきた。

その道に入らんと思ふ心こそ　我身《わがみ》ながらの師匠なりけれ

ならひつつ見てこそ習へ習はずに　よしあしいふは愚かなりけり

「これは……」

多くの人々の中から自分が選ばれ、言われたようにしっくりとくる。あれになりたい、これになりたいと、習う前から言っていた自分。そして、菓子職人になりたいと心の底から強く願った自分。

今の自分はその延長上にいるのだと思える。

職人としての修業を曲がりなりにも一年続けてこられた。その今こそ、この言葉が胸に沁みる。この時を選んで、『利休道歌』を渡してくれた了然尼の思いも伝わってくる。

込み上げるものをこらえるには、書物の字から目をそらして、鼓動を鎮めるだけの時が必要だった。やや落ち着いてから、

「ありがとう存じます」

なつめは改めて了然尼に頭を下げた。

「大切に読ませていただきます」

いや、一字一句、心をこめて書き写そう。それが必ずや自分の糧《かて》になる、と思えた。

「なつめはんのためになるなら、ようございました」

了然尼はなつめの眼差《まなざ》しを受け止め、優しく応じた。

了然尼から借りた『利休道歌』の書物に、一枚の料紙が挟まれていることに気づいたのは、自分の部屋へ戻ってからのことである。

了然尼の書がまぎれ込んでしまったのだろうと思った。返しに行かなければと座っていた腰を上げかけた時、ふと料紙に書かれた文字が目に入ってきた。


忘るなよ程は雲ゐになりぬとも　空行く月のめぐり逢《あ》ふまで

「忘れないでほしい。私たちの間が遠く隔たってしまっても、あの空を行く月のように再びめぐり逢えるその日まで」

橘忠幹《たちばなのただもと》と作者の名も記されているから、了然尼が作ったものではない。

これは誰か大切な人との再会を願う歌、そして、その日まで互いにしっかり生きようという歌ではないのか。古来、別れを詠んだ歌は多いが、もう二度と逢えないかもしれない、といった意味の悲しい歌が多い。

だが、この歌は違う。再会を祈念している。その日が来ることを信じている。

(了然尼さまはあえてこの歌を選んで、私の目に触れさせてくださった……?)

なつめは立ち上がることも忘れ、再び座り込んでしまっていた。

了然尼がなつめと菊蔵とのことを知るはずはない。菊蔵という氷川屋の職人のことを話したことはあったかもしれないが、特別な想いを抱いていると自覚してから語ったことはない。

——なつめはんは、魂があくがれ出たようどしたからなあ。

なつめが菊蔵と行を共にした日の晩、ぼうっと蛍を見ていた自分に、了然尼がそう呟いた時のことが思い出された。自分が恋をしていることは、了然尼にはすでにお見通しだったのかもしれない。

ならば、なつめの近頃の様子から、何かあったということくらいは察していたのではないか。

(了然尼さま……)

この歌のように再びめぐり逢う日が来ればいい——そう願いつつ、なつめは料紙をそっと抱き締めるようにしていた。

四

翌日、なつめはいつものように照月堂へ出向き、昼の休憩までふつうに仕事をした後、おまさと一緒に出かけることになった。

辰五郎がやって来て、なつめと入れ違いに厨房へ入っている。

「ごめんなさいね、なつめさん。急なことで」

おまさは出かける前、恐縮した様子で言った。

「いえ、旦那さんのお言いつけですから」

この時になっても、なつめはおまさがどこへ行くのか聞いていなかった。さすがに少しおかしい、何か事情があるようだと、なつめが思い始めたのはこの時のことであった。

「でも、そんなに遠くはないのよ」

とだけ言い、おまさは仕度を調えると庭へ出た。仕舞屋《しもたや》の玄関の脇に水桶が置かれており、花の枝が挿《さ》し込まれていた。

「あっ、山茶花ですか」

昨夕、大休庵に飾られていたのを見たばかりである。一輪だけの姿も凜《りん》として美しかったが、紅白の花が咲き競う姿は何とも鮮やかであった。

昼前には見当たらなかったから、出かける直前、おまさがここに移したものなのだろう。

おまさはその中から、紅色の花の束だけを取り、用意してきた古手拭いと紙で包んだ。

「きれいですね」

なつめが言うと、おまさは花から目をそらさぬまま「ええ、本当にね」と呟くように相《あい》槌《づち》を打つ。そのまま赤い花だけを手に歩き出したおまさに、

「白い山茶花はこのままでよろしいのですか」

なつめは後ろから声をかけた。おまさはなつめの方を向かずに、「ええ、いいの」とだけ答える。そのまま歩き出したおまさの後に、訝《いぶか》しげな面持ちでなつめは続いた。

しばらくの間、おまさは無言で歩き続け、なつめも行き先を尋ねることなく無言で従った。その道順が佐和《さわ》先生の寺子屋へ続くものだと気づいた時、

「まずは佐和先生のお屋敷へ寄るの」

と、おまさが告げた。

「坊ちゃんたちのお迎えですか」

郁太郎《いくたろう》と亀次郎《かめじろう》の兄弟は、自分たちだけで寺子屋を往復するようになっており、もう送り迎えは必要としない。それをわざわざ迎えに行くのは、そこから子供たちを連れてどこかへ行くつもりなのであろう。

「ええ、まあ」

おまさはどこか上の空という様子で答えた。

やがて、二人は佐和先生の寺子屋へ到着した。子供たちが手習いをするのは昼前までで、

そこで帰る者もいれば、軽い昼餉を持参して食べてから帰る者、昼過ぎも残って自習していく者など、さまざまだと聞いている。

寺子屋の教場へと向かうと、すでに子供たちは帰ってしまった者も多く、五、六人が残っているだけであった。その中に郁太郎がいた。

「おっ母さん」

教場の玄関口に顔を見せたおまさに気づいて、帰り仕度を済ませた郁太郎が走り寄って来る。亀次郎がいないのを不思議に思っていたら、佐和先生がやや遅れて現れた。

「先生、今日もお世話になりました」

おまさが折り目正しく頭を下げて挨拶する。

「これはご丁寧に。亀次郎は昨日いただいていた書状の通り、お母さまのご実家の手代《てだい》さんがお迎えに見え、連れて行きました」

「お手間をおかけいたしました。今日はこれから郁太郎だけを連れて行きたいところがありまして」

「そうでしたか。では、郁太郎。今日もあなたはしっかり学びました。明日も頑張りましょう」

佐和先生が郁太郎に目を向けて言うと、

「ありがとうございました」

と、郁太郎はしっかり頭を下げ、それから草履を履いた。

「なつめお姉さんも一緒なんですね」

歩き始めると、郁太郎はなつめが一緒とは聞いていなかったのか、嬉《うれ》しそうな笑顔を向けて言う。

「ええ。昨日、旦那さんから言われて」

なつめが答えると、郁太郎は今度はおまさに目を向け、

「ねえ、おっ母さん。これからどこへ行くの？」

と、屈託のない様子で尋ねた。すると、前を向いて歩いていたおまさが不意に足を止めた。

「郁太郎」

やはり前を向いたまま、おまさが呼ぶ。声の様子がいつもと少し違っていた。

「……はい」

素直に返事をしつつも、郁太郎の声にも訝しげな色が滲《にじ》んでいた。

おまさはその時、ようやく郁太郎の方へ向き直り、目をしっかりと合わせると、

「今日はね。これから、お前にとってとても大事な人に会いに行くのよ」

と、静かに告げた。

「とても大事な人？」

郁太郎が小首をかしげる。

「そう」

うなずくと、おまさは空いている方の手で、郁太郎の手をつなぎ、再び歩き出した。

おまさにつられて郁太郎が歩き出し、なつめも二人に続く。それから先は、なつめのよく知らぬ道を北の方面へ向かった。いくつかの角を曲がり、細い路地を通り抜け、やがて三人はある寺の門前へたどり着いた。

「ここは？」

郁太郎が小さな声で呟く。

「お寺よ。うちはここの檀家《だんか》で……つまり、ここにはうちのお墓があるの」

おまさが郁太郎に目を据えて答えた。

「お墓？」

これまで墓参りをしたことがなかったのか、郁太郎はどことなく脅えたような声を出した。

「行きましょう」

おまさは郁太郎の躊躇《ちゅうちょ》にさほどこだわる様子も見せず、そのまま手を引いて門の中へと入って行った。

（ご一家のお墓なら、郁太郎坊ちゃんを産んだお母さんもここに……）

なつめは後に続きながら、そう思いめぐらしていた。

郁太郎にとって大事な人という、おまさの言葉にも納得がいく。おまさが産みの親でなく、生母が故人であることは、郁太郎も承知しているはずだ。

なつめは前に、郁太郎本人の口からそう聞かされたことがあったが、おまさと郁太郎の間で、そのことについて話す機会があったかどうかは聞いていない。

おまさの様子がいつもと違ったことも気にかかりつつ、なつめはおまさたちの後に続いた。

おまさは寺の境内を物慣れた様子で進んで行く。本堂の前に達してから、左手にある道を通って奥へ進むと、やがて墓地が現れた。

郁太郎はただ無言で、おまさに手を引かれている。

境内へ入ってから足早になったおまさは、墓地の中をさらに進み、ついに一つの墓石の前で足を止めた。墓石は角のない楕円型で、特に文字などが刻まれているわけではない。

おまさはそこで郁太郎の手を離すと、その場にしゃがみ込んだ。そして、包み紙と布を取り除いた赤い山茶花を、墓石の前にそっと供えた。

「おっ母さん……。これ、誰のお墓なの？」

郁太郎の問いに対し、すぐの返事はなかった。

おまさは墓石と山茶花にじっと目を当て続けたまま、微動だにしない。その表情は見えなかったが、おまさの背中は覚悟を決めたようにも見えた。

「郁太郎、おいで」

おまさは立ったままの郁太郎に、手を差し伸べるようにした。郁太郎はおまさの傍らにしゃがみ込む。その体をおまさが横から抱きかかえるようにした。

「ここにはね。お前を産んでくれたおっ母さんが眠っているのよ」

「……」

「お前にはちゃんと話したことがなかったけれど、知っていたんだろう？」

おまさの言葉に、郁太郎はこくりとうなずいた。

「おっ母さんもね。このことを、お前と話さなくちゃいけないって、ずうっと思っていたの。だけど、改めて話すとなると、どんなふうに切り出せばいいのか分からなくってね。ついつい先延ばしになっちまったんだけど、今日お前をここへ連れて来たのは、今日が産みのおっ母さんの命日だからなんだよ」

「めいにち……？」

「そう。産みのおっ母さんが亡くなった日。これまではおっ母さん一人でお参りに来てたんだけど、今年はお前を会わせてあげたくってね。郁太郎はこんなに大きく……立派になりましたよって」

おまさは少し声をつまらせたが、「……おっ母さん」と郁太郎が心配そうに声をかけると、鼻をすすっただけで涙をこらえた。

「産みのおっ母さんの名前はね、よし江《え》といったの」

「よしえ……？」

「そう。お前を産んで間もなく亡くなっちまったから、顔も覚えてないだろうけどねえ」

色白でとてもきれいな人だったのよ――と続けられたおまさの言葉に、郁太郎の反応はなかった。

「よし江さんはお前がお参りに来てくれるのを、それはそれは首を長くして待ってたはずだよ。産みのおっ母さんのために手を合わせようね」

おまさが郁太郎の顔をのぞき込むようにしながら、優しく問うた。郁太郎は無言のままうなずき返す。

おまさと郁太郎は一緒に手を合わせ、なつめも二人の後ろで両手を合わせた。

郁太郎となつめが目を開けてからもしばらくの間、おまさはずっと手を合わせていたが、ようやくお参りを終えると、

「今日は郁太郎と一緒にお参りできて、本当によかった。産みのおっ母さんもきっと喜んでくれたと思うよ」

と、郁太郎に向かって、穏やかに微笑《ほほえ》んでみせた。

ここへ来るまでの緊張はほぐれ、いつものおまさに戻っている。

「あのね、郁太郎。もし産みのおっ母さんのことで、何か訊《き》きたいことがあったら、遠慮しないで訊いていいのよ」

「うん」

「おっ母さんもよし江さんのことは知ってるの。答えられることは答えるし、お父つぁんやお祖父《じい》ちゃんに訊いたっていいんだからね」

「うん」

　おまさは郁太郎が何か質問するだろうと、それを待っていたようだが、郁太郎の口から言葉は出てこなかった。

「何も訊きたいこと、ないの?」

「う……ん。今はないかな」

　郁太郎は少し考えてから、そう言った。

「そう。なら、それでいいわ」

　おまさは曇りのない声でさっぱりと言った。

「でも、何か心にかかることがあったら、何でも訊いてちょうだい。そうやって、お前が産みのおっ母さんのことをいろいろと知っていくことが、よし江さんの供養にもなると思うのよ」

「分かった」

「来年もまた、一緒にお参りに来ようね。来年も再来年もそれから先もずうっと」

　今日、よし江さんにそう約束したのよ――と、おまさは郁太郎に告げた。

「うん、そうするよ。おっ母さん」

　郁太郎は素直にうなずいたものの、ややあって、

「あのさあ」

　郁太郎が少し躊躇《ためら》いがちに切り出した。

「なあに。何でも訊いていいのよ。そういう約束だからね」

おまさが促すと、郁太郎は力を得た様子でうなずき、口を開いた。

「お墓参り、どうしてお父つぁんは一緒じゃないの?」

「お父つぁんにはお仕事があるでしょ?」

おまさは優しく答えた。

「だから、昼のうちには来られないの。毎年、厨房の仕事が終わってから、一人でお参りに来ているのよ。今日も後からお参りに来るつもりなの」

「そうだったんだ」

郁太郎は納得した様子でうなずいた。

「もし、お前がお父つぁんと一緒にお参りをしたいのなら、今日帰ってから、お父つぁんに頼んでもいいのよ」

「ううん。今日はおっ母さんと一緒に来られたから、もういい」

郁太郎は迷いのない声で答える。

「これから先、命日でなくても、お参りをしたくなったら、お父つぁんにでもおっ母さんにでも言いなさい。必ず暇を作って、お前を連れて来るようにするから」

「分かった」

郁太郎はさっぱりした様子でうなずいた。その様子に、おまさも安心したような、ほっとしたような表情を浮かべる。その眼差しがそっとなつめの方に流れてきて、なつめはそっとうなずき返した。

「ねえ、おっ母さん」

郁太郎が墓石の前に供えられた花を指して声をかけた。

「このお花、どうしたの？　うちの垣根には咲いてないよね」

「これは山茶花というの。今朝、植木屋の健三《けんぞう》さんが届けてくれたのよ」

「健三さんが？」

「そう。花売りを探して買うつもりだったんだけど、ちょっと前にお供え用に山茶花が欲しいって言ったら、任せてくださいって」

おまさはなつめにも目を向けながら説明した。

「白い山茶花もありましたよね」

出がけのことを思い出して、なつめが言うと、

「ええ。あれは、うちの人がお供えしてくれるでしょう」

と、おまさは静かな声で答えた。

「よし江さんはね」

おまさは郁太郎の方に目を戻して、先を続けた。

「白い山茶花が好きだったんですって。亡くなった時にもお部屋に飾ってあったとかで、お父つぁんは毎年、白い山茶花をここへお供えするようにしているのよ」

本当に白い山茶花のような人だった――と、おまさは呟くように続けた。

「でもね、白いお花だけじゃ、ちょっぴり寂しいでしょう？　だから、あたしがある時、

訊いてみたの。赤い山茶花をお供えしてもいいかって。そしたら、好きにしていいって言うもんだから、それ以来、あたしは赤い山茶花をお供えするようにしているの」

「赤い山茶花の花、かわいいよ」

郁太郎が言う。

「うん。よし江さんは白い山茶花みたいにきれいな人だったけど、赤い山茶花みたいに愛らしい人でもあったのよ」

おまさは郁太郎の頭を撫《な》ぜながら告げた。

「それじゃあ、そろそろ行きましょうか」

おまさが言って、もう一度両手を合わせ、立ち上がる。郁太郎はまたおまさと手をつないで歩き出し、なつめは二人の後に続いた。

「このまま亀次郎を迎えに行って、帰ることにしてもいいんだけれど」

境内を出たところで、足を止めたおまさは振り返ってなつめに目を向けると、悪戯《いたずら》っぽい笑みを浮かべた。

「せっかく、実家で亀次郎を預かってもらってるんだし、なつめさんだって、今日はもうお仕事ないんでしょう？」

「あ、はい。辰五郎さんが来てくださっているので」

「だったら、三人でちょっと寄り道していきましょう」

おまさはもう決まったことのように、明るい声で言い、

「郁太郎は何が食べたい？」

と、さっそく尋ね出した。

「えっ、何でもいいの？」

郁太郎が吃驚《びっくり》した顔で訊き返している。

なつめは辰五郎の顔を思い浮かべ、少し申し訳ない気持ちに駆られた。だが、今日のおまさの申し出に水を差すことはできない。

そして、いつもなら亀次郎のことを気遣い、自分だけいい思いをするのを躊躇う郁太郎が、今日はその手のことを口にしなかった。

「おいら、お汁粉《しるこ》が飲みたい」

すぐに答えた郁太郎の返事に、

「いいわねえ。おっ母さんも飲みたいわ」

と、おまさが明るい声で応じた。

「なつめさんはどう？」

おまさから訊かれ、

「はい。よろしければ、私もご一緒に頂戴したいです」

と、なつめは答えた。

おまさが近くの神社の門前に茶屋が出ていて、十月からは汁粉も出しているはずだと言うので、三人はそちらへと向かった。

「前に茅の輪《ちわ》くぐり、したよね」

郁太郎がおまさの顔を見上げながら尋ねた。

「そうねえ。あの時は辰五郎さんが一緒だったのよね」

「そう。亀次郎がなかなか歌を唱えられなくってさ」

郁太郎とおまさが仲良く思い出話をするのを聞きながら、茅の輪くぐりという言葉に、なつめの胸は大きく揺れた。

夏越《なごし》の祓《はらえ》の当日、茅の輪くぐりにと誘ってくれたおまさたちを断り、なつめは菊蔵と一緒に富士神社へ茅の輪くぐりに赴いたのだった。そこで、互いの店の〈水無月《みなづき》〉を交換して、茶屋で食べ……。

夏の終わりの輝くようだった一日が思い出された。もう二度と、あのような時を持つこともあんな気持ちを抱くこともできないのだ、という悲しみが不意に襲いかかってくる。

「――なつめお姉さん、大丈夫？」

気がつくと、五、六歩ほど離れたところから、郁太郎が心配そうな目を向けてきていた。おまさと郁太郎は足を止めており、なつめは慌てて二人のそばへ駆け寄った。

「ごめんなさい。ちょっと考えごとをして遅れてしまいました」

「なつめさん、何か気がかりなことでも？」

おまさも心配そうな目を向けて尋ねた。

「いいえ。私もお汁粉、楽しみです。近頃は寒くなってきましたから」

なつめは二人に微笑み、それからは郁太郎のすぐ後ろで、話に加わりながら歩き出した。

五

「わあ、あったかい」

木の椀《わん》から立ち上る湯気に包まれながら、郁太郎が声を上げた。

神社の門前の茶屋に席を取り、注文した汁粉が届いたのである。餅や白玉が入っていることもあるが、その茶屋ではそうしたものは入っておらず、小豆のつぶがわずかに浮くだけの汁粉であった。

甘い小豆のこうばしい香りが鼻をくすぐる。

「それじゃ、いただきましょう」

おまさの言葉で、なつめと郁太郎は「いただきます」と汁粉を口に運んだ。

餡の量を惜しんで、水っぽい汁粉を出す茶屋もあるが、この店の汁粉はこっくりしており、甘みも利いていておいしい。何より喉を通った後は、体に温もりがしみ渡っていくようで、体がもっともっとと欲しがっているのが伝わってくる。寒い外で飲む汁粉は、そのせいか、何倍もおいしく感じられるようだ。

郁太郎はおまさやなつめよりも早く、汁粉を平らげてしまった。しばらくはおとなしくしていたが、やがてそわそわし始め、

「おっ母さん。神社の中、見て来てもいい？」

敷地の中にはちょうど見頃の紅葉《もみじ》があるらしく、参拝客もそこそこ出入りしている。

「おっ母さんたちも飲み終わったら、中へ行くわよ。もうちょっと待てないの？」

「中で待ってるよ」

母の言葉に素直に従うかと思いきや、意外にも今日の郁太郎は自分の意見を曲げなかった。

「じゃあ、皆が手を合わせる拝殿の前。ちゃんとそこで待っていられる？」

「うん。ゆっくり来ればいいよ。ちゃんと待ってるから」

郁太郎はそう言うなり、立ち上がると、駆け出して行った。

「何だか、いつもの郁太郎坊ちゃんと少し違って見えました。何というか、あまり我を通すのを見たことがなかったので」

郁太郎の背に目をやりながら、なつめが言うと、おまさは「そうね」と呟いた。

「でも、あれがふつうでしょう」

と、続けて言う。

「そう……かもしれませんね」

今日は亀次郎がいないから、「お兄ちゃん」として振る舞わなくていい。それが、郁太郎の態度を変えているのかもしれなかった。

郁太郎が年齢より大人に見える理由の一つに、おまさが実の母でないこともあるのだろう。決してうまくいっていないわけではなく、おまさも郁太郎も互いを大好きだということは、傍で見ているなつめにも分かりすぎるくらいなのだが、それでも何のわだかまりもない母と子にはなれない。どうしてもそうなってしまう母子の姿が、なつめに悲しさを呼び起こした。

「今日はよし江ちゃんのことを知ったから、気持ちも昂《たかぶ》っているのかもしれないわね。亀次郎もいないから、余計に素直になれたでしょうし」

「え、よし江ちゃんって……」

さっき、郁太郎に話して聞かせている時、おまさは「よし江さん」と言っていたはずだ。生前のよし江を知っているとも言っていたが、「ちゃん」付けで呼ぶような親しい相手だったということなのか。

なつめの驚いた顔に向かって、おまさはふふっと笑いながら答えた

「よし江ちゃんはあたしの友だちでもあったのよ」

「そうだったんですか」

「よし江ちゃんは、うちの人にとってだけじゃなく、あたしにとっても大事な人だった。だから……よし江ちゃんが亡くなった時は、本当にどうしていいか分からない気持ちだったの。郁太郎のことも……不憫《ふびん》でならなかったしね」

おまさはいつしか、なつめから目をそらしていた。

「おかみさん……」

郁太郎の実母とおまさとの間に、そのような関わりがあったという話はあまりに意外で、なつめはどんな言葉をかければいいか分からなかった。すると、

「今日はごめんなさいね。郁太郎によし江ちゃんのことを話すって決めたものの、いざとなると、怖気《おじけ》づいちゃうかもしれないって気持ちもあってね。誰かに一緒にいてほしくて、あたしからうちの人に頼んだの」

おまさはなつめに目を戻して告げた。その目は優しく微笑んでいたが、悲しく寂しそうでもあった。

郁太郎を墓参りさせるに当たり、よし江のことを誰がどう話して聞かせるか、久兵衛と二人でずいぶん悩んだのだと、おまさは言った。久兵衛が墓参りに連れ出して語ることも、墓参りの前に久兵衛とおまさが一緒に話して聞かせることも、考えの内にはあったそうだ。

「でも、亀次郎のいない時がいいだろうということになって」

今日のような形になったのだという。

「それに、あの人はまだ、一人でよし江ちゃんの墓参りがしたいだろうと思うのよ」

と、おまさはぽつりと呟くように続けた。

「なつめさんを巻き込んでしまって申し訳なかったけど、事情を知ってる人ってなると、あまり見当たらなくて」

「私など、何のお役にも立てませんでしたが」

なつめが恐縮すると、おまさは「いいえ」と首を横に振った。

「あたしは、ただそばにいてもらいたかっただけなの。それでもう十分、なつめさんはあたしの力になってくれたのよ」

　力のこもった声で、おまさは言う。

「古くから一緒にいる人っていったら、番頭さんや辰五郎さんになるし、二人とももちろん事情は知ってるわ。お仕事のある番頭さんはともかく、辰五郎さんに頼むこともできたの。うちの人もそう言ってたんだけど、辰五郎さんがどうこうというのでなくて、今日そばにいてくれるのは女の人がよかったのよ」

　と、おまさは一気に話した。

「おかみさんのおっしゃること、何となくですが、分かる気がします」

　なつめの言葉に、おまさはうなずき返し、すでに飲み終わっていた椀を縁台の上にそっと置いた。

「よし江ちゃんとあたし、それにうちの人はね。寺子屋で知り合ってから、よく一緒に遊ぶ仲だったのよ」

　さらに驚く話を聞かされ、なつめは絶句した。

「まさか、よし江ちゃんもあたしも、あの人と添うことになるとは思いもしなかったけど」

　おまさの方はなつめの驚きにこだわる様子もなく、さばさばした口ぶりで言う。その落ち着きぶりを見ているうちに、なつめの驚きもおさまってきた。

「旦那さんはどんなお子さんだったんですか。郁太郎坊ちゃんと亀次郎坊ちゃんなら、どっちに似てました？」

純粋な興味から、なつめは尋ねてみた。おまさは「そうねえ」と考え込むような顔をしている。

「亀次郎をもうちょっと腕白にした感じかしらねえ」

と、おまさは答えた。

「亀次郎は一見腕白っぽいけれど、すぐめそめそしちゃうでしょう？　うちの人は泣くことなんてなかったからねえ」

「そうなんですか」

となると、郁太郎とはあまり似ていなかったのか。想像したこともなかった久兵衛の過去を思い浮かべ、なつめは何となく楽しい気持ちになった。

「でも、それはまだ子供だったあたしの目に、そう見えたっていうだけだから。そういえば」

今思い出したという様子で、おまさは先を続けた。

「十歳くらいの時だったかしら。よし江ちゃんとうちの人が二人きりで話しているのを見ちゃった時があるの。体の弱かったよし江ちゃんをしきりに気遣っていてね。今にして思えば、ああいう時の姿は何となく郁太郎みたいだったかしらねえ」

おまさの声は相変わらずさっぱりしている。だが、当時からおまさが久兵衛を想っていたのだとしたら、それは少女の頃の悲しい思い出なのかもしれない。

　なつめはそんなことを考えてしまい、切ない気持ちに駆られた。

「二人はね、子供の頃から仲良しだったのよ。それが年頃になって、互いに惹《ひ》かれ合っていくのが、そばにいたあたしにも手に取るように分かった」

　前に目を向けながら、なつめの方を見ないで告げるおまさの声には、切なさがこもっている。なつめは自分の想像が当たっていたのではないかと思った。すると、おまさは急になつめの方を向き、「なつめさん」と呼びかけた。

「その頃のあたしが、うちの人に想いを懸けていたと思う？」

　謎《なぞ》かけをするような、楽しげな口ぶりだった。悪戯っぽい目を向けられると、とてもそうだとは言いかねて、なつめは自分の思い過ごしだったかという気になった。

「どうだったんですか？」

　なつめが訊き返すと、おまさはふふっと笑った。

「実はあたしにも分からないの。二人がお似合いだなって思う一方、寂しい気持ちもあったのは確かよ。でも、自分だけが取り残されちゃうようで寂しいだけだと思っていたの。つらい胸の痛みに変わったのは、うちの人が京へ旅立ってから」

「あ、旦那さんが京へ修業に出向かれた時のことですね」

「そう。今でこそ江戸で菓子を作っているけど、当時のあの人は京へ行くことで頭がいっぱいだった。あたしは、あの人がもう江戸へは帰って来ないいんじゃないかと思ったくらいよ」

「そうだったんですか」

「あの人が江戸にいなくなって、あたしはあの人が好きだったと気がついた。よし江ちゃんも同じだった。でも、あの人が帰って来ないいんじゃないかって、涙をこぼすよし江ちゃんを慰めるのは、いつもあたしの役目だったの」

「……」

「いろいろ気を揉《も》ませたけど、あの人は江戸へ帰って来た。よし江ちゃんのもとへ」

その時にはもう、久兵衛の心はよし江と所帯を持ち、照月堂を継ぐ決意で固まっていたのだという。

「その時はつらかったわよ、もちろん」

おまさは淡々とした調子の声で言う。だが、その声がいちばん、なつめの心に鋭く突き刺さった。

「私の話まで聞かせるつもりはなかったのに、ごめんなさいね。よし江ちゃんのことを話すだけのつもりだったんだけど」

「いえ。おかみさんの聞かせてくださったお話はぜんぶ、心に深く沁みました。聞かせてくださって……よかったです」

なつめは今の気持ちをありのままに伝える言葉が見つからないことをもどかしく思いながら告げた。

「生きていれば、いろいろあるわ」

その時は、まさかよし江が早く逝くことになるとは思わなかったし、自分が久兵衛の後《のち》添《ぞ》いに収まるとも思わなかった。まして、よし江の子供を育てることになるなど、想像するだに及ばなかったと、おまさは言う。

「だけどね、実を言うと、あの時、うちの人とよし江ちゃんが一緒になった時の胸の痛みは……今はもう思い出せないのよ」

おまさは再び微笑を浮かべた。悲しげには見えたが、先ほどとは違って、どこか凜としたものも備わっている。

「つらかったということは覚えているの。でも、それだけ。あの時の痛みが今もあたしを苦しめることはない。それは、うちの人と一緒になったからっていうわけじゃないの。そうならなくても、過去の痛みはやがて消える。だって、今のあたしは、郁太郎や亀次郎や照月堂のことで、頭がいっぱいなんだもの」

悩んだり胸を痛めたりしなくちゃいけないことは他にいっぱいあるから――と、おまさは言う。

もしかして――という疑問がふと湧き上がった。

（おかみさんはそのことを伝えたくて、今日私を連れ出されたのですか）

菊蔵が断りを入れに来た日から、表には出すまいとしてきたものの、自分の憔悴《しょうすい》ぶりは悟られてしまっていたかもしれない。了然尼が察していたように、おまさが気づいていたとしてもおかしくはない。

そばにいてほしかったというのはただのこじつけで、本当はこのためにこそ――。

だが、それをおまさに尋ねるのは野暮というものだろう。

「おっ母さん、なつめお姉さん」

突然の声に意識を奪われて、おまさとなつめは声のした方へ目を向けた。

「なかなか来ないから、戻って来ちゃったよ」

郁太郎がほんの少し口を尖《とが》らせて言う。が、その場に漂う湿っぽさを感じ取るや、ふと心配そうな表情になり、

「どうかしたの、おっ母さんもなつめお姉さんも」

と、二人を気遣う言葉を吐いた。

いつもの郁太郎だ。

「ごめんなさい。おかみさんと話し込んでしまって」

郁太郎に返事をしつつ、「もう行きましょうか」となつめは立ち上がった。

「何の話？」

郁太郎が気になる様子でさらに尋ねる。

「二人だけの秘密の話よ」

おまさが笑いながら言って、汁粉のお代を縁台に置くと立ち上がった。

「ええ？　おいらにも聞かせてよう」

郁太郎がおまさに甘えるように言う。

「秘密は秘密よ。お前だって亀次郎と内緒の話をするでしょう?」

「そりゃあ、することもあるけど」

亀次郎はすぐにしゃべっちゃうから意味ないんだ——と続ける郁太郎の言葉に、おまさとなつめは声を上げて笑いながら、お参りをするべく神社の中へと向かって行った。

六

十月六日、初の亥の日当日。各菓子屋には〈亥の子餅〉が並び、注文を受けた店では手《て》代《だい》や小僧たちが各屋敷へ届けに回る。

照月堂では、今年、二種類の亥の子餅を作った。

一つは、黒胡麻《くろごま》を混ぜた求肥で白餡を薄く包んだ、茶席用の主菓子。

もう一つは、穀物を混ぜ込んだ餅を丸め、焼き鏝でいのししの目鼻と耳をつけた、店で売る餅菓子。

主菓子の方は目鼻はついていないが、亥の子の縞模様を表すため、栗餡《くりあん》で拵えた三本線がすうっとのせられ、華やぎを添えていた。

この日の数日前から、辰五郎が厨房を手伝ってくれている。そして、当日の久兵衛は北村家への菓子を作り終えると、昼過ぎからは屋敷へ菓子を届けるために、この秋から照月堂で働き始めた文太夫《ぶんだゆう》を伴って出かけて行った。

なつめは辰五郎と共に、店で売る亥の子餅を拵え続けていたのだが、八つ（午後二時）頃のこと。道具を洗うため、厨房から庭へ出ると、寺子屋から帰って来た郁太郎と亀次郎がいた。二人とも、両手で何かを包み込むように持っている。

「見て。なつめちゃん」

亀次郎がぱっと上にかぶせていた手を離すと、もう片方の手にのっていたのは、何のことはない、照月堂で毎年作っている亥の子餅である。

とはいえ、子供たちが店へ出入りすることはないはずだから、おまさか辰五郎からもらったのだろう。そう思っていたら、

「これねえ、寺子屋で佐和先生たちからいただいたの」

と、亀次郎がさも大事なことを教えてあげるのだという口ぶりで言い出した。

「先生たち？」

その一言を聞き咎《とが》めると、

「陶々斎《とうとうさい》さまと佐和先生が皆に配ってくれたんです」

と、郁太郎が答えた。

陶々斎は照月堂と縁の深い御家人で、旅から帰って来たばかりの秋の頃は毎日のように照月堂へ菓子を買いに来ていたものである。露寒軒の友人で教養も深く、ひょんなことから、寺子屋の佐和先生とも知り合いになった。

その陶々斎が今日の手習いが終わる頃、寺子屋へやって来たのだという。

「佐和先生は初亥の日のお話をしてくれました。今日の亥の刻に亥の子餅を食べると、健康でいられる上に、火の災難を避けられるんだって。そして、今日がんばったご褒美だって、皆に亥の子餅をくれたんです」

「このお菓子、いのししの顔がかわいいって、皆、大喜びだったんだよ」

亀次郎が自慢げに言った。照月堂の菓子であることは伏せられていたそうだし、郁太郎と亀次郎もあえて打ち明けなかったそうだが、仲間から褒められて嬉しかったようだ。

「それはよかったですね。私も嬉しいです」

なつめも自然と笑顔になって言った。

「これ食べるの、いつまで待ってなきゃだめなの？」

やがて、亀次郎が首をかしげながら、なつめと郁太郎を見つめて尋ねる。

「えっと、亥の刻だから、夜の四つ（午後十時）？」

郁太郎が少し考えてから、なつめに訊いた。

「そうですね。亥の刻は五つ半（午後九時）から四つ半（午後十一時）の頃を言うのですけれど」

「おいらたち、その頃にはもう寝ちゃってるよ」

亀次郎が情けなさそうに言う。

「無理はしなくていいと思います。亥の月の初亥の日に食べることが大事なんですから」

なつめが言うと、

「だったら、今食べてもいい？」

亀次郎が期待に目を輝かせて問うた。

「おかみさんにご相談してからにしてくださいね」

「じゃあ、おっ母さんに見せに行こう」

まだ見せていなかったらしく、郁太郎が亀次郎を誘った。亀次郎は「うん」と大きくうなずき、二人は亥の子餅を持ったまま、仕舞屋へと駆けて行った。


その日の仕事が終わり、帰りがけにおまさと顔を合わせた時、なつめは子供たちのことを尋ねてみた。

「食べていいかって、何度も訊くもんだから――」

そう言っておまさは笑った。寺子屋でもらってきた亥の子餅はすでに子供たちの腹に収まってしまったのだという。

「さすがに亥の刻までは起きていられないでしょうからね。あたしたちは亥の刻に食べるつもりだけれど」

それから、おまさは紙包みを差し出して、

「なつめさんにはこれ」

と、言った。主菓子用の菓子を二つ、店で売る菓子を二つ、大休庵へ持ち帰るよう取り置いてもらったものである。

「餅菓子の方は一つ五文ですが、主菓子の方はどうしたらよろしいでしょう」

店で売る方の値段はなつめも知っていたが、北村家へ納める値までは知らなかった。そこで、そう尋ねると、おまさは首を横に振った。

「今日はね。番頭さんと文太夫さん、もちろん辰五郎さんにも、主菓子と餅菓子を一つずつ持ち帰ってもらうようにって、うちの人から言付かっているの。なつめさんからもお代をいただくわけにはいかないわ」

「でも、私は一人で四つも持ち帰らせていただきますのに」

「それは気にしないで。亥の子餅は無病息災を願う特別な菓子なんだから、せめてもの気持ちだと思って」

久兵衛とおまさの心遣いに、心からの感謝を抱いて、なつめは頭を下げた。

「ありがとうございます。亥の刻に大休庵で頂戴します」

なつめは礼を述べて包みを受け取り、大休庵へ帰った。

前々から話していたように、この日、了然尼は亥の刻に茶室で茶を点ててくれた。久兵衛が主菓子として作った亥の子餅が添えられている。

同じ時刻、正吉とおまさも夫婦水入らずで菓子を口にしているはずだ。

「これはまた、胡麻の風味が豊かなお菓子どすなあ」

了然尼は感心した様子で呟いた。

この菓子の醍醐味《だいごみ》はやはり求肥に黒胡麻を混ぜたところである。

「はい。本来は穀物を混ぜる餅菓子ですが、今回は茶席の菓子ということで、旦那さんが考えに考えを重ねて、このような形になさいました」

「黒胡麻に白餡を合わせた色合いも、落ち着いていて見事どすなあ」

了然尼の言葉に、やはり久兵衛の腕前は素晴らしいと改めて思いながら、なつめも亥の子餅を口に運んだ。

皆が無病息災に過ごせますように。

そして、火難を避けられますように。

亥の子餅の力に願いをこめ、大事に菓子を味わう。

二人とも茶を飲み終え、菓子を食べ終えたところで、

「ところで、なつめはん」

と、了然尼がふと思い出したように切り出した。

「戸田《とだ》さまと照月堂はんのもとへ出入りしてはる薬売りの話どすが」

「はい」

なつめは不意に緊張した面持ちになって答えた。

「前に話を聞いたところでは、秋の頃には江戸へ来るということどしたな」

「はい。実はまだ、お見えになっていません」

もう十月六日。昨日で立冬を迎えたが、いまだに粂次郎は照月堂に姿を見せていない。

まさか、もう二度と姿を見せないつもりなのか。これまでの付き合いを思えば、それはあるまいと思いつつ、ふと不安が胸をよぎっていく。

「照月堂でも皆さん、心配なさっておられます。こちらからお尋ねしようもないので、余計気にかかるみたいで」

「そうどすか。大休庵にも薬売りが来ますさかい、気がかりならば尋ねてみまひょか」

了然尼の言葉に、なつめは「ぜひお願いいたします」と答えた。

「駿河の……どちらからお見えかは知らないのですが、お名前は粂次郎さんとおっしゃいます。近頃はずっと、富吉ちゃんというお子さんを連れて、江戸入りされているはずです」

「駿河の粂次郎はんどすな。覚えておきまひょ」

了然尼は静かに言ってうなずいた。

ただ予定がずれたというだけで、粂次郎父子が現れてくれればいい。そうでなくとも、せめて来られない事情が分かりさえすれば……。

募る不安を抱えながら、なつめはそう祈っていた。


同じ日の、亥の刻より少し前の、品川宿でのこと。

素泊まりの宿屋「泉屋《いずみや》」へ子連れの男客が現れた。

男は背負っていた五つ六つの男の子を、上がり框《がまち》に座らせ、盥《たらい》を持ってきた女中にまず子供の世話をしてくれるように頼んでいる。

たまたま、男たちより少し前に宿へ入った別の客が近くにいて、

「お兄さん、子連れの旅じゃ大変だねえ」

と、声をかけた。

「あ、いや」

菅笠《すげがさ》を脱いだ男は何か言いかけたが、思い直したように口を閉ざした。話しかけた方の客はさして気にも留めず、

「どっちから？」

と、さらに親しげに会話を続ける。

「……駿河からだ」

男は迷惑そうなそぶりを隠さず、ぶすっと答えた。

「ま、ここまで来りゃ、明日の朝いちばんに江戸入りだ。今夜はゆっくり休むといいや」

人懐こい性質なのか、客は機嫌を損ねる様子もなく、愛想よく語り続ける。

「ねえ、……」

子供が男の袖を引っ張った。

「お菓子は？」

男は表情を和らげ、子供に「ちょっと待っていなさい。亥の刻になったら出してあげるから」と優しく言う。自らも上がり框へ腰かけ、脚絆《きゃはん》を脱いで足を拭うと、

「すまないが、茶碗に水を二杯もらえるか」

と、女中に言った。

「へえ」

盥を片付けかけていた女中が返事をして、いったん奥へと下がって行く。

「亥の刻ってえと、亥の子餅を食おうってのかい」

先ほどの客がなおも話しかけてきたが、それに返事をしないまま男が子供を抱き上げて奥へ進むと、さすがにその後を追って来ることはなかった。

やがて、盆に茶碗をのせて戻って来た女中によって、男と子供はその晩の部屋へ案内された。部屋といっても、二人に与えられたのは布団が二枚やっと敷ける程度で、隣の客とは衝立《ついたて》で仕切られているだけである。

男は茶碗を受け取ると、枕元に置き、荷を下ろして中から小さな紙包みを取り出した。

「ほら」

つい先ほど買ったと思われる包みをほどくと、褐色の丸い餅菓子が現れた。

「亥の子餅だ」

「そうだ。亥の子餅は何のために食べるんだ?」

「えっと……健やかでいられるように。それと、火事になりませんように」

師匠の問いに答えるかのように、子供が真面目に答えた。

「よし。じゃあ、お食べ」

子供は嬉しそうに菓子に手を伸ばす。男自身は食べようとせず、菓子を食べる子供の姿をしばらく見守っていた。

「富吉は本当に菓子が好きだなあ」

男は子供の頭を撫ぜながら言った。

「うん」

子供——富吉は最後の一口を呑み込むと、はにかんだような笑みを見せた。が、不意に悲しげな表情になると、「……父ちゃん」と聞こえぬくらいの小さな声で呟く。

男はたちまち痛ましげな表情を浮かべ、富吉の頭を優しくかき抱いた。

第二話　寒天

一

（京の秋はよかったなあ）

十月になったばかりの京では、安吉が生まれて初めて過ごした京での秋を振り返り、いつになく感慨にふけっていた。

石清水八幡宮《いわしみずはちまんぐう》の参拝に、女郎花塚《おみなえし》の散策、そして、嵐山《あらしやま》の紅葉《もみじ》狩り。

江戸にいた頃の安吉は寺社参詣もろくにしなかったし、行楽をしたこともなかった。江戸にもそれなりの見どころはあったのかもしれないが、九百年近い都の歴史を持つ京にはさすがに敵《かな》わないだろう。

特に、紅葉する嵐山の光景を目にした時から、安吉はそんなふうに考えるようになっていた。

まさしく錦を広げたと思える色鮮やかな山腹、水面《みなも》に紅葉を映して流れる大堰川《おおいがわ》、そこをゆったりと漕いでいく舟。それを永久《とこしえ》に留めておける技のないことが惜しいと思えるひと時の「美」であった。

大堰川に沿って茶屋が建ち並び、紅葉狩りに来た客でにぎわっていたが、ここでは菓子を食べることもできた。茶屋で出す菓子というと、団子のような気軽なものがふつうだが、煉《ね》り切りのような手の込んだ菓子を、洛中の菓子屋から取り寄せて出す店もあった。

花見の季節と紅葉狩りの季節だけはそうなのだと、長門《ながと》が教えてくれた。

(京に来て、もうすぐ一年になるのか)

照月堂を辞め、行き場のなくなった安吉が京にやって来たのは、去年の冬のことであった。どうにかこうにか京へたどり着き、久兵衛の知り合いという果林堂《かりんどう》の主人九平治《くへいじ》のもとで修業させてほしいと頭を下げた時のことが、懐かしく思い出される。

その時の九平治は、久兵衛の頼みなら——とあっさり引き受けてくれたわけではない。安吉がいずれは江戸へ帰るつもりでいることに、よい顔はしなかった。

そんな安吉を拾い上げてくれたのが、長門であったのだ。

宮中の菓子作りを担う主果餅《くだもののつかさ》の職を代々受け継ぐ柚木《ゆき》家の嫡男《ちゃくなん》でありながら、父が金のある九平治を養子に迎え入れたことにより、当主の座を奪われたという複雑な立場にある。

そのせいか、ひねくれたところのある少年と、安吉の目には映った。また、九平治も金に飽かして強引なことをしたという負い目があるせいか、これまた長門を甘やかすものだから、そのわがままぶりは募る一方であった。

その長門が、安吉を雇った暁には自分の好きにさせてほしいと言い出したため、安吉は果林堂で仕事にありつけた。望んでいた菓子作りの修業に専念するというわけにはいかなかったが、厨房《ちゅうぼう》の雑用、店の手伝い、長門の世話と、常に忙しくしている。

今では、京へ来たばかりの頃より、少しは気も利くようになったし、相手を気遣う言葉遣いもできるようになったと、番頭から言われるまでになった。それもこれも他ならぬ京の菓子司《かしつかさ》果林堂で働きながら学べたお蔭《かげ》やで、という言葉が続いたが、安吉はまったくその通りだと思っている。

京での暮らしは悪くない。悪くないどころか、とても居心地がいいと言って差し支えないだろう。

先々どうしたいのかはまだ分からないが、江戸へ帰ることが当たり前だった一年前とは違うことを、安吉自身、自覚していた。

もちろん、二度と江戸の地を踏まなくていいと思うわけではなく、世話になった照月堂の主人久兵衛のもとへは、改めて挨拶《あいさつ》に行かねばと思っている。ただ、仮に江戸へ帰っても、照月堂に戻ることはもうできない。かといって他の店の職人になれる当てもなかった。

また、江戸に大切な身内がいるなら、何としてでも帰らねばならないだろうが、安吉にはそんな身内もいない。

（あんなお父つぁんの顔、二度と見たくねえ）

安吉と血のつながる相手は父親ただ一人である。が、手向かいできない子供に手を上げる父親など、思い出すだけで気分が悪くなるだけだった。奉公に出て以来、一度も顔を見ていなかったし、今では生きているのかどうかも知らない。

(だったら、俺はこのまま京に残って、果林堂で働き続けてもいいんだよなあ)

安吉は父親のことを強いて頭の中から追い払い、そう考えた。

(そうしたら、ずっと長門さまのお世話をして……)

と、考えを進めた安吉は「いやいや」と思わず声を出しながら、首を横に振った。

(俺がしたいことは、長門さまのお世話じゃあなくって、菓子作りをなさる長門さまのお手伝いなんだ)

そう、今の長門は柚木家を継げるかどうかはっきりせず、本来なら始めていたであろう職人の修業もしていない。現在、柚木家の当主は九平治だが、今のところ九平治に妻はなく、よって跡を継がせる息子もいなかった。この先、九平治が息子を儲《もう》ければ、長門は養子に出されることもあり得るが、現状ではまったく分からないのである。

「何が、いやいや、なんや」

耳もとで訊《き》かれ、安吉ははっと我に返った。見れば、相部屋の茂松《しげまつ》が訝《いぶか》しげな目を安吉に向けてきていた。

「あっ、茂松さん」

「あっ、やないやろ。にやにやしてたかと思うたら、いきなり『いやいや』言い出して、どないしたんや」

「俺、そんなこと言いました？」

声に出したつもりのない安吉はそう訊き返して、茂松からあきれられた。

茂松は職人ではなく、商いの方面の仕事をする手代《てだい》で、安吉より五つ年上の二十三歳。ふた月ほど前、二条家の使者を店へ迎える仕度を調《ととの》えていた際、たまたま一緒に仕事をする機会があり、その後、何となく話をするようにもなっていた。

そんな頃、茂松と相部屋だった奉公人がいなくなったのを機に、それまで職人たちの大部屋で寝起きしていた安吉が部屋を移ることになったのである。

「あんた、明日から伏見《ふしみ》行きやろ。そんなに伏見へ行くのが嫌なんか」

茂松から面と向かって訊かれ、

「まさか、とんでもない」

と、安吉は真顔で否定した。

「俺、上方《かみがた》は見るものすべてがめずらしいですから、伏見へ連れてってもらえてありがたいと思ってますよ」

「ほな、ええんやけど」

茂松はそう応じたものの、それからほんの少しいたわるような眼差《まなざ》しを、安吉に向けた。

「まあ、柚木の坊ちゃんのお守《も》りはしんどいやろけどな。旅先やと、四六時中おそばに付き切りでおらなあかんやろし……」

茂松から言われ、そうなのかと、安吉は初めてそのことに思い至ったのだった。さすがに泊りがけの旅のお供をしたことはない。だが、嵐山の紅葉狩りの時なども、ほぼ一日中、長門のそばに付き切りでいたのだし、自分はそれを苦痛に感じることはなかった。だから、今度も大丈夫だろうと、安吉は安穏にかまえている。

「まあ、何とかなるでしょう。長門さまと二人きりで行くわけでなし、今回は旦那さんもご一緒ですし、確か手代さんも何人か付き添うと聞いていますし」

「あんたなあ。旦那さんが出向くちゅうことは、それだけ大事な御用ということや。そこにあんたが加えられたのはどないな意味か、分かってるのか」

「意味なんてあるんですか」

もしかしたら、安吉を連れて行くよう、長門が口添えでもしてくれたのだろうか。安吉は都合のよいことを考えていたが、

「あるに決まってるやろ」

と、厳しい表情になって、茂松は言った。

「坊ちゃんを連れて行かはる以上、旅先で坊ちゃんがご機嫌を損ねることのあらへんよう、誰かがきっちり面倒を見なあかん。万一、坊ちゃんが癇癪《かんしゃく》を起こされた時には、それを一身に引き受ける人身御供《ひとみごくう》が必要や」

「ええっ、俺って人身御供なんですか？」

安吉が仰天すると、茂松は少し脅かしすぎたかと反省する表情になった。

「ちいとばかし大袈裟《おおげさ》やけど、大方はそういうことや。あんたも覚悟を据えて、今回のお勤めをせなあきまへんで」

最後は重々しい物言いで安吉を励ますと、茂松は話を打ち切った。

「ほな、あてはもう寝ます」

そう言って、さっさとすでに敷いてあった布団にもぐり込む。

「あんたも明日は早いんやろ」

茂松から急《せ》かされ、安吉も急いで自分の布団を敷き始めた。

「ねえ、茂松さん。伏見ってどんなところなんですか」

行灯《あんどん》の火を消し、寝床に就いてから、安吉はそっと茂松に尋ねてみた。が、規則正しい寝息が聞こえてくるばかりで、返事はなかった。


翌日、安吉は九平治、長門の供をして伏見へ発《た》った。他に手代が二人付き添い、計五人での道中となる。

本来、一日で往復できる距離であるが、今回は伏見の宿屋で一泊する予定であった。その理由について、安吉は聞かされていない。

出立は朝七つ（午前四時）。まずは鴨川《かもがわ》へ出て、そこから舟で下って行く。途中、舟を下りて、昼餉《ひるげ》を食べがてら川沿いの店で休憩し、再び舟に乗る。桂川《かつらがわ》と合流する直前まで舟で行き、その先は徒歩で目当ての宿を目指すということだった。

「舟旅で疲れてるのに、宿まで歩け言わはるんどすか」

その予定を聞かされるなり、まだ舟に乗ってどれほども経《た》っていないというのに、長門は九平治に文句を言った。

「そうと決めたわけやない。疲れてたら、あっちで駕籠《かご》を雇うさかい」

九平治が慌てて機嫌を取り結ぶように言う。

「疲れてるに決まってますやろ。駕籠かきがすぐに見つからなかったら、どないしはるんどすか」

事前に駕籠の手配をしておかなかったのは、九平治の失策だと言わんばかりの舌鋒《ぜっぽう》である。

「大丈夫やろ。駕籠くらい見つかるはずや」

「五つもすぐに見つかりますか。洛中とは違いますのやで」

その言葉を聞いた二人の手代たちは、主人たちの会話に口を挟みこそしなかったが、自分たちは駕籠などとんでもないというふうに、首を激しく横に振る。安吉も慌てて、それに倣《なら》った。

「あても歩くのは平気や。長門の駕籠一つくらい、どないにしても見つけてやるさかい」

ついには九平治まで、そんなことを言い出す。

三十路《みそじ》を過ぎた店の主人が徒歩で行き、弟の方が駕籠に乗るとは、何とも珍妙な光景だが、果林堂の者は誰もおかしいと思っていないらしい。

安吉がふと顔を上げると、九平治と目が合った。

（長門をどうにかしなはれ）

その懸命な眼差しの言わんとすることを察し、安吉は舟の上を這《は》うようにして長門の前へ行った。

「長門さま」

何を言おうとも決めていなかったが、取りあえず安吉は口を開いた。何や——という様子で、いかにも不機嫌そうな長門の眼差しが安吉に向けられる。

「あのう、ええとですね」

少し気圧《けお》されそうになりながら、安吉は必死に頭をめぐらせる。

「そうだ。俺、伏見なんてもちろん初めてですし、どんなところなのかもまったく知らなくて。できれば、長門さまからいろいろお教えいただきたいなって思ってたんです」

「当日にそないなこと言い出して、あんたは阿呆《あほう》か」

にべもない言葉が返ってきたが、安吉は慣れているので、これくらいではへこたれない。

「そうなんですけど、何だかんだで時が過ぎちまって。当日でも、到着前にお聞かせいただければ、ぜんぜん違うと思うんですよね。名所のこととか、名物のお菓子の話とか、ぜひお聞かせくださいさい」

長門がふんと鼻を鳴らした。気がつけば、九平治と手代二人はいつの間にやら、長門と安吉から少し遠ざかった場所に移っている。後は任せたと言わんばかりの態度だが、九平治の気持ちも分からなくはない。

「伏見は」

長門の、少しばかりふて腐れた声が聞こえてきて、安吉は急いで長門に向き直った。

「もともと『伏す水』と書いて、ふしみと言うたのや。そんくらい、ええ水が地面の下に伏してるってことや。せやさかい、酒造りが盛んで、酒蔵も仰山ある」

何やかんや言いながらも、長門は安吉相手に話をしてくれる気になったようだ。

「へえ、酒造りですか。う〜ん、俺は酒はあんましだからなあ」

つい独り言を漏らしてしまった安吉は、

「別にあんたに酒を飲ませるために、伏見へ行くわけやあらへん」

と、長門から冷たく言い返されて慌てた。

「も、もちろん、そうです。いや、酒が好きだとしても、お供を仰《おお》せつかった旅先で、酒を飲んだりしません」

「酒饅頭《さかまんじゅう》が有名や」

「えっ、酒饅頭？」

続けて教えられた伏見の名物が菓子であったことに、安吉は食いついた。酒に興味はないが、酒の名所で作られた酒饅頭なら食べてみたい。

菓子屋の奉公人が余所《よそ》の菓子を試すのは、ただの道楽にはなるまい。酒饅頭を一つ食べるくらいの機会なら、九平治もくれるのではないか。

安吉が自分に都合のよいことを考えていると、

「けど、酒饅頭は今回は食べられんかもしれへんで」

安吉の心の中などお見通しだというふうに、長門が言った。

「そんなに忙しい道中なんですか」

菓子屋に立ち寄る暇もないのかと思ったが、長門はそれには答えなかった。

「心太《ところてん》は食べられるかもしれへんけどな」

いきなり話が飛んで、安吉はわけが分からなくなった。水がいいという伏見は心太の名産地でもあるのだろうか。

「心太ですか？　今は冬ですし、出してるお店は少ないんじゃありませんかね」

「どっかにはあるやろ。案外、お義兄《にい》はんはもうその店を手配してはるかもしれへん」

「えっ？　なぜ旦那さんが心太の手配をするのですか」

安吉にはまるで分からないが、長門はそれを語るつもりはないらしく、話はそこで終わった。

その後、伏見の名所について長門から聞かされているうちに、安吉も心太のことは忘れてしまった。長門の言った通りだと分かったのは、いったん舟を降りて昼餉に蕎麦《そば》を食べた後のことであった。

二

舟を待つ客を見込んで、茶屋が川沿いに建ち並ぶ中、

「こちらにございます」

供をした果林堂の手代の一人が、前々から決めていたという様子で、九平治たちを一軒の茶屋へ案内した。

「茶と心太を五つ頼む」

席に着くなり、九平治が注文する。長門は何も言わず、ぷいと横を向いたままだ。品が届くまでの間、

「今の時季に心太を食べさせてくれる茶屋があるなんて、意外でした」

安吉が誰に言うともなく呟《つぶや》くと、

「この店は特別なんや」

と、九平治が応じた。この茶屋では暑い時季に限らず、食材を切らさない限り、心太を食べさせてくれるのだという。

「心太がこの店の名物なんですか」

「ま、心太というより……」

九平治の言葉が終わらぬうちに、女中が茶と心太の入った器を持ってやって来た。

心太の上に黒っぽいものがかかっている。一瞬、酢醤油《すじょうゆ》かと思った安吉は、その色が思っていたのよりずっと濃いことから、

「あっ、こっちでは黒蜜かけるんでしたっけ?」

と、思わず大きな声を出してしまった。

京へ来てから心太を食べたことはなかったが、上方では心太に黒蜜をかけて食べると聞いたことはある。

江戸では、酢をかけるか、酢に醤油を混ぜたものをかけて食べるのが主流で、もちろん安吉はそちらの味に慣れていた。夏に酢醤油をかけた心太がつるっと喉を通っていく心地といったら。

だから、黒蜜をかけると聞いた時、どうしても快い味を想像できなくて、特に食べたいとも思ってこなかったのだ。

安吉は覚悟を決めて、心太の器を受け取った。

黒蜜の甘い香りが漂ってくる。心太にねっとりと絡《から》みつく黒蜜を目にしたら、あまり気乗りしなかったのもどこへやら、安吉はごくりと唾《つば》を飲み込んだ。

「ほな、いただきまひょ」

皆に器が行き渡ったところで、九平治が言う。それに続いて、

「いただきます」

と、安吉たちも九平治に倣い、添えられた少し大きめの黒文字《くろもじ》を手に取った。細く切ら

れた心太に黒文字の先を突き刺し、すくい上げて口に運ぶ。

口に入れた途端、冷やっこくてつるつるした食感と、濃厚な甘みが伝わってきた。

（これはこれで悪くないか）

心太はさっぱりした酢醤油が相性も抜群であり、甘味は弾力のある葛《くず》と合わせた方がいい――という、これまでの信念が安吉の中で崩れていく。

「心太はどないや」

九平治が連れて来た手代たちに目を向け、小声で問うていた。よく見れば、九平治と二人の手代たちはいずれも難しい表情をし、ただ単に心太を楽しんでいるというふうではない。

「そうどすな。よう嚙《か》み締めると、磯くさいいいますか」

「へえ。黒蜜にごまかされへんよう注意しますと、やはり」

答える手代たちの方も小声であった。安吉の耳にはかろうじて入ってくるが、店の女中や他の客には聞こえぬよう注意しているらしい。

ふと長門の方を見やると、九平治たちの会話に加わる気配もなく、澄ました様子で心太を口に運んでいた。

（磯くさい、かなあ？）

安吉は手代たちの言葉を思い返しながら、今度は黒蜜があまりかかっていない部分をすくい、口に運んでみた。すぐには分からなかったが、確かに磯くさいと言えなくもない。

もとは天草《てんぐさ》から作っているのだから、当たり前のことではあるが。

(旦那さんはここへ心太を食べに来たというわけか。でも、どうして今、心太なのか)

長門ならその理由を知っているのだろうが、訊いても無駄だろう。長門はと見れば、黒蜜をたっぷりと絡めた心太を口に運んでいるところだった。

自分の器に目を戻すと、半透明の心太の上で、照りのある黒蜜が鈍く光っている。安吉は黒蜜をしっかりつけてから、残りの心太を口に運んだ。


その後、一同は再び舟で鴨川を下り、やがて桂川と合流する直前で、舟を降りた。少し進むと、駕籠が二つ見つかり、九平治と長門がそれに乗る。安吉と手代たちは徒歩で続き、その日の宿へと向かった。

長門の外歩きの供をして歩き慣れている安吉はもちろんのこと、手代たちも日頃から外回りが多いらしく、足は丈夫である。

一行はやがて宿屋へ到着した。

「えっ、ここ?」

それは、表通りに面した大きな店構えの宿屋であった。「みのや」と染め抜かれた暖簾《のれん》がかかっている。

「お、俺までこんなところに泊まっていいんですか」

安吉が臆しながら尋ねたのは、あまりに格式高い宿と見えたからである。こういった宿屋は公家や武家の専用とされているのではないか。

安吉の言葉を聞き留めた手代の一人が、

「安心しなはれ。ここ美濃屋《みのや》に泊まるんは、旦那はんと坊ちゃんだけや。あてらが泊まるのは余所の素泊まりの安宿や」

と、説明してくれた。

「あ、そうなんですか。そりゃ、そうですよね」

納得しながらうなずいた安吉に、「せやけど」と手代は続けた。

「夕餉だけはあてらもここでご相伴《しょうばん》させてもらうのや。あんたもそのつもりでな」

「え、夕餉をここで？」

このような宿で出る料理とは、どんなものなのか。きっとすばらしい料理人が雇われているのに違いない。

九平治たちが駕籠を降りて、店へ入ると、手代と女中たちが現れ、頭を下げた。

「果林堂さま、今日はようこそおいでくださいました」

「前に頼んだ通り、泊まるのは二人やけど……」

言いかけた九平治の言葉を受け取り、

「へえ。夕餉のお膳は五人分、確《しか》とご用意させていただいております。ご注文のお品も間違いのう」

と、美濃屋の手代が言った。

「まずは、お部屋へお上がりくだされ。皆さま、寛いでいただけるだけの広さはありますさかい」

その勧めに従い、九平治と長門に続いて、安吉たちも足を洗い、中へと入った。通された二階の部屋は十二畳もある畳張りで、床の間には白い山茶花《さざんか》が一輪活《い》けられている。こんな広い部屋に、九平治と長門が二人だけで泊まるのかと、安吉は目を瞠《みは》った。

「安吉」

部屋に入って少し落ち着いた頃、安吉は九平治に呼ばれた。

「へえ」

手代たちと一緒に、部屋の隅の方に正座していた安吉は、慌てて返事をした。

「そこでは遠い。もう少し近う来なはれ」

九平治に言われ、安吉は床の間を背に座る九平治の前へ出向いた。長門はといえば、外に面した障子の縁に座り込み、表通りを行く人をぼんやりと見下ろしている。安吉が九平治に呼ばれた声も聞こえてはいるのだろうが、我関せずといった様子であった。

「あんた、さっき食べた心太、どないに思うた?」

「黒蜜がおいしかったです。あんなに心太に合うとは思っていなかったので」

安吉は正直に答えた。「ほうか」と、九平治はうなずき返す。

「あんた、こっちで心太を食べたのは初めてでか」

「へえ」

「江戸では、酢をかけるんやて？」

「酢に醬油を混ぜることもありますが」

「ほう」

九平治がかすかに目を細めた。心太に酢など考えられない、といった江戸詰《なじ》りが始まるかと思われたが、この日の九平治は違った。その眼差しは安吉を越えて、後ろの手代たちに向けられている。

「あんたらは、心太に酢をかけて食べたことあるんか」

九平治の問いかけに、手代たちは「ありまへん」と真面目《まじめ》な顔つきで首を横に振った。

「あてもない」

九平治は目を安吉に戻して言った。

「はあ」

安吉は九平治の言わんとすることが分からず、あいまいな返事をするしかなかった。

「黒蜜やのうて酢を使うんは、安うすませるためなんかと、ついさっきまでは思うてたのや。けどな」

「けど？」

「もしかしたら、酢は心太の磯くささを消すためなんかと思うてなあ。そこんとこを、あんたに訊いてみたかったのや」

実のところはどうなんや――と、九平治から問われて、安吉は返事に窮した。心太を酢で食べることに、どんな意味があるのか、聞いたことも考えてみたこともない。

「ええと、磯くさいのをどうこうっていう話は、聞いたことないです。俺も、これまで磯くさいとか思ったことはなくて」

と言いながら、安吉は暑い時に食べるひんやりした心太と酢がとても相性のよいこと、体の熱を冷ましてくれるように感じることを思い出した。

「ただ、心太と酢の組み合わせは暑気払いになって、体にもいいのかなって」

「ふうむ、暑気払いなあ」

その物言いはいつになく、江戸の風習を認めるふうにも取れたのだが、

「せやけど、黒蜜かて体にええやろ。暑さで食が細うなった時でも喉を通るしな」

と、九平治は付け足し、再び安吉を混乱させた。

「……あのう、どうしてそんなに心太にこだわっておられるので？」

思い切って尋ねると、「あんたにも、じきに分かる」と、九平治は言う。

「今度は、あんたにも食べた感じを聞かせてもらうさかい」

その口ぶりからすると、美濃屋の夕餉の膳にもまた心太が出るということか。

（ん？　また心太の黒蜜がけが出てくるわけじゃないよな）

夕餉の膳にのるにはいささか変だと、安吉が頭をひねっているうち、部屋の外から「失礼します」と女中の声がかかった。

三

女中たちが夕餉の膳を運んできて、皆はめいめいの席に着いた。九平治にだけは酒がついていたが、膳の中身は皆同じである。

舞茸《まいたけ》の焼き物、里芋と木の実の和え物、大根の煮物、蓮根《れんこん》や蕪《かぶ》の天ぷらなど、見た目の豪勢な料理が品のある器や皿に美しく盛られていた。

「わあ、刺身まであるんですね」

興味津々の目で料理を見つめていた安吉は、黒い皿の上に盛られた切り身を見て、声を上げた。白身魚と思われる切り身は薄く切られ、五枚ほど形よく重ねられている。

江戸では生類《しょうるい》を憐《あわ》れむようにとのお沙汰《さた》により、魚や貝を食べるのは避けられていたが、京では多少のお目こぼしがされているものと見える。

「安吉、お造りや」

隣に座っていた手代が苦々しい表情で、声をかける。

「身を刺す、などと、縁起でもない言い方はするもんやない」

気がつけば、安吉と向かい合う形で座る手代も、非難がましい目を向けてきている。九平治は聞かなかったふりをしているふうだし、長門の横顔は我関せずという様子である。

せっかく主人たちと一緒の席に着くという破格の扱いを受けた席で、早くも失態を演じてしまったようだ。

「へえ、すみません」

安吉は小さくなって返事をしたが、刺身という言葉が忌み嫌われるということを初めて知った。今は食卓に出されないものの、江戸では魚の切り身を刺身と言うのがふつうだったから、安吉は「身を刺す」という連想を働かせたことがなかった。だが、京ではそうしたところにも細かく気を配るようだ。

(そういや、丹波《たんば》の小豆《あずき》が大納言《だいなごん》って呼ばれるのも、皮が破れにくいことから、腹を切らない大納言さんを連想したんだもんなあ)

江戸に比べて侍の数も少ないし、刃傷沙汰《にんじょうざた》には江戸よりずっと敏感なのだろう。安吉は納得し、顔を伏せたまま頭を下げる。刺身という言葉は二度と口にするまいと心に留めた。

「ま、そのお造りはこの夕餉の要《かなめ》となるもんや。安吉も心していただきなはれ」

九平治がその場を繕うように言葉を添える。

「ほな、いただきまひょか」

九平治の言葉で、皆、いただきますと手を合わせて、箸《はし》を取った。

(お造りかあ)

箸を取った時にはもう、先ほどの失態も忘れて、安吉はわくわくした気分になっていた。

禁令前の江戸では、鮪《まぐろ》や鰹《かつお》などの刺身が好まれていたが、京では赤身は好まれないと聞く。それで白身なんだなと思いながら、安吉は切り身をつまんだ。

山葵《わさび》と醤油をつけて、口に入れる。

（えっ？）

歯を使わないでも、舌を動かすだけで身がほどけていく。

（生の魚がこんな歯ごたえってことがあるのか？　いや、不味《まず》いわけじゃないんだけど）

京の人々が好む白身の魚とはこんなものなのか。しかし、後味もさっぱりして、生臭さなど微塵《みじん》も感じられない。舌に残るのは、山葵と醤油の味だけのように思える。

（これを美味《うま》いと言うんだろうか）

首をかしげながらも、この夕餉の席で口を利くわけにもいかず、安吉は神妙な顔で食事を続けた。焼き物、煮物は手が込んでいたし、天ぷらもさくさくしておいしかった。蕪と大根の漬け物といったありふれた一品でも、素材の甘みと漬け汁の味が絡み合い、噛むごとにその歯ごたえも癖になる。

お造りが少し不思議だと思った他は、大満足の体《てい》で、安吉は食事を終えた。

「さて」

皆が食べ終わったかと見えたところで、九平治が口を開いた。膳を下げるよう頼む前に、話をする心づもりと見える。

「お造りがどうやったか、聞かせてほしい」

九平治の眼差しがまず手代たちに向けられた。

「へえ。思うてました以上にくさみがなく、癖のない味になっていたかと存じます」

「あても同じに思いました。癖がない分、いろんな味と合わせられるかと――」

手代たちがそれぞれ答えた返事に、九平治はおもむろにうなずいた後、

「舌触りはどないやった」

と、さらに尋ねた。

「心太より張りがのうなってると思いました。口の中であっさりほどけてくような」

その言葉に、もう一人の手代が大きくうなずきつつ、

「柔らかなんどすが、ふやけた感じではありまへんし、葛のような柔らかさとも違うて、面白いと思いました」

と、続けて言う。

その時、九平治の眼差しが初めて安吉の方へと流れてきた。

「安吉はどないやった？」

名指しで訊かれ、安吉は九平治の方に体ごと向き直った。

「へえ。あの、味わいや舌触りは手代さんたちがおっしゃったのと、まったく同じように思ったんですが」

ひとまずそう応じた後、ずっと気にかかっていたことを問うた。

「あれは、何の魚だったんですか。俺、それすら分からなかったんですけど」

その言葉に、九平治が一瞬の間《ま》を置いた後、わずかに目を見開いて、

「あんた、あれを今まで魚と思うてたんか」

と、改めて訊き返した。

「だって、お造りですよね。皆さん、そうおっしゃってたし」

「そりゃ、お造りには違いあらへんが」

九平治の顔つきが、あきれるべきか笑うべきか決めかねるという様子で、かすかに動く。

「そのへんにしたらどないですか、お義兄はん」

その時、長門が初めて口を開いた。九平治がたちまち真顔を取り戻し、目を長門の方へと向ける。

「あれを食べて、魚やないことに気づかへんのも鈍すぎますが、そもそも安吉はあれがこの世に『在る』ちゅうことを知らへんのやろ。そないなもんに、いくら謎《なぞ》かけしたかて無駄や」

「ほな、長門はあれが何か、分かったんやな」

その問いかけで、長門もまた九平治から試されていたことを、安吉は知った。いや、そもそも試されていたのは長門の方で、自分はついでに過ぎなかったのだろう。

「寒天《かんてん》でっしゃろ」

「さすがやな。前から知ってたんか」

九平治がうなるような声で感心した。

「食べたことはあらしまへん。見たのもこれが初めてや」

長門は褒められても嬉《うれ》しそうな表情一つ見せず、淡々と応じた。

「わざわざ伏見の美濃屋を選んで泊りがけ、その道中でも心太を見せられれば、嫌でも気がつきます」

安吉は長門の言っていることがまったく分からなかった。「かんてん」とは何なのか、その言葉を聞いても思い当たることは何一つない。先ほどのお造りが「かんてん」なるものであり、自分が「この世に在る」ことも知らなかった代物だ、ということは分かったのだが……。

いずれにしても、九平治がその内実を黙って食べさせた長門が、その意図するところを易々《やすやす》と見破ったということが、安吉には何となく嬉しく、かつ誇らしい気分であった。

「あてはええですけど、安吉がわけ分からへん顔をしてますよって、解き明かしてやったらどないどす？　ここまで引っ張っといて、何も教えてやらんのはいけずでっしゃろ」

長門から嫌みたっぷりの口調で言われ、九平治は渋い顔つきになったが、一つ咳《せき》ばらいをした後、安吉に向かって説明を始めた。

「ええか、安吉。あんたが今食べたお造りは、魚やのうて『寒天』というもんや」

「はあ、かんてん、ですか」

「寒天ちゅう名はあまり知られてへんさかい、あんたが知らへんのも無理はない。せやけど、同じ材料から作られてるもんはあんたも知ってるし、今日も食べてるのやで」

そう言われ、安吉は昼間に食べた心太をすぐに思い浮かべた。

「もしかして、心太ですか」

「そうや。あれは天草から作るが、寒天も同じや。ただし、寒天の方がもうひと手間かかってる」

その後、九平治がくわしく説明してくれたところによれば——。

ある年の冬の頃、この伏見の美濃屋で、参勤交代のご一行が宿泊した際、店の者が心太を外に出したまま忘れてしまったことがあったという。翌朝、外へ出てみたら、心太が凍り付いていた。しかし、その凍った心太は天草の臭みが消え、水で戻せば再び食べられる。心太の状態であれば、日持ちもしないが、凍らせたものなら長く保存が利く。

その後、黄檗宗《おうばくしゅう》の僧侶隠元《いんげん》に、この凍った心太を見せたところ、「これは精進料理に使える」というので、たいそう気に入られた。「寒天」という名をつけたのも、この隠元上人であるという。

こうして、美濃屋では寒天を作るようになり、お造りのようにして客に供するようになっていたのだそうだ。

今では、美濃屋以外にも寒天を作る料理屋や宿屋もあるが、寒天を作ることだけを生業《なりわい》にする店などはなく、心太ほど普及しているわけでもないらしい。

「せやけど、この寒天、料理だけやのうて、菓子としても使えるんやないかと思うてな」

九平治は少し熱のこもった口ぶりで告げた。

「ついては、心太との違いをしっかり確かめたかったんでな。昼間に心太、夕餉に寒天と、続けて食べてみることにしたのや」

「へえ、同じ材料で、心太と寒天という別々のものになるんですか」

今にして思えば、黒蜜をつけて食べる心太はともかく、酢醤油につけて食べる心太は寒天のお造りに近いものがあった。もちろん、寒天の色合いは心太よりずっと白っぽかったし、食感も違ってはいたのだが。

「さっきの寒天を菓子作りに活かすちゅう案は、どないやろか。皆の考えを聞かせてもらいたい」

九平治が改まった様子で言い、再び連れて来た手代たちに目を向けた。

「葛とは使いどころを変えることで、新しい菓子を作っていけると思いました」

「葛菓子とは別に、寒天菓子という新しい柱を作ることができるんやないですやろか。さすが旦那さんはお目の付け所が違いますな」

手代たちはすぐに賛同を示した。続けて、九平治は安吉に目を向ける。

「安吉、あんたは曲がりなりにも職人見習いや。あんたの意見も言うてみなはれ」

九平治の眼差しを受け止め、安吉は少し緊張しながら口を開いた。

「俺は自分ではうまく思い描けないんですけど……。寒天で作った菓子、見てみたいし食べてみたいと思います」

安吉は考え考え、ゆっくりと言葉にしていった。そこまで語った時、手代の言った「寒天菓子という新しい柱」という言葉が安吉の心を揺り動かした。もう一言、言っておかねば、という思いに突き動かされ、安吉は再び口を開く。

「さっき食べた寒天は、これまで味わったことのない口当たりでした。餅菓子、葛菓子、煉り切り、団子……って括《くく》りがありますけど、その中に新しい括りが生まれるってことですよね」

語り出した時よりずっと熱のこもった言い方になっていた。

「まあ、寒天菓子ちゅう括りができるか、煉り切りなどの材料として寒天を使うていけるか、そのあたりはまだこれからやけどな」

とは言いつつも、九平治はまんざらでもない顔つきである。そして、最後に九平治は長門に目を向けた。それまでとは違い、九平治の表情にもどことなく緊張の色が漂っている。

「長門はどない思うた？　寒天のことは知っていたにせよ、食べたのは初めてやったんやろ」

「そうどすな。寒天なら心天より使い所が仰山あるかもしれまへんなあ」

長門はゆっくりと答えた。

「そない思うか」

抑えようとしているものの、九平治の声は喜びを隠しきれていない。すると、長門の口もとにうっすらと笑みが浮かび上がった。

「せやけど、そないに思うてるのはお義兄はんだけやないと思いますで」

笑みを張り付かせたまま、長門は冷えた声で告げた。

「磯くささが抜けて、日持ちするとなれば、使いたいと思うて当たり前ですやろ。むしろ、そこに気がつかへん料理人や菓子職人なんぞ、能無しもええところや」

辛辣《しんらつ》な指摘に、九平治の顔から色が失《う》せた。

寒天が作られてから、もう何十年と経っている。その間、職人として過ごしてきた九平治が、今に至るまで行動を起こさなかったことへの非難とも聞こえる発言だった。

もちろん、長門のことだから、そのつもりで言っているのである。

その場が凍り付いたようになり、手代たちの顔も強張《こわば》っていた。安吉も何を言っていいか分からず、黙って九平治と長門を交互に見つめるより他、どうしようもない。

酔いもすっかり醒《さ》めた様子の九平治とは裏腹に、長門の皮肉っぽい微笑はいつまでもその顔から消えることがなかった。

四

伏見で寒天のお造りを試し、それぞれの宿で一泊した果林堂の一行は、翌日、京の店へ無事に帰り着いた。安吉と二人の手代たちは、この日はもう休んでいいと言われたので、安吉は取りあえず荷物を片付けに、自分の部屋へ戻った。風呂敷を広げると、伏見での出来事が次々に浮かんできて、片付けの手はつい止まってしまう。

(黒蜜の心太もなかなかよかったけど、今朝、長門さまと食べた酒饅頭も抜群だったよなあ)

その味を思い出すと、唾がわいてくる。

初め、酒饅頭は食べられないだろうと長門は言っていたが、伏見を発ったのは今日の昼も近くになった頃。九平治と手代たちが伏見で商談があるというので、長門と安吉はそれまでの間、好きに過ごしていいと言われたのである。

――あんたは酒饅頭が食べたいんやろ。

心の中を見透かされたように言われ、もちろん「はい」と元気よく答えた。長門は酒饅頭を食べられる茶屋へと足を運び、安吉はその供をして、何やかや言われながらもお相伴にあずかることができたのだった。

（伏見の酒饅頭はあの皮の香りがふくよかだったなあ。どうやって、あの酔っちまうような風味を出してるんだろう）

後片付けの手を休めたまま、安吉がぼんやり考えごとをしていると、

「安吉はん」

突然、部屋の外から声がかかった。相部屋の茂松の声である。

「へえ。茂松さんですか」

我に返って返事をすると、戸が外から開けられた。

「ああ、安吉はん。もう戻ってはったんか」

帰宅後、初めて顔を合わせた茂松は「ご苦労はんやったな」とねぎらいの言葉をかけたものの、部屋をちらかしたままの安吉に、眉をひそめた。

「旦那はんがあんたをお呼びや。ご隠居はんたちのお住まいの方へ来い、ちゅうことや」

「旦那さんが、ですか？　さっきまでずっとご一緒だったんですけど」

安吉は怪訝《けげん》な表情を浮かべた。

「何か事情がおありなんですやろ。片付けは後でええからすぐ行きなはれ」

茂松は早口に言うと、仕事の合間に言づてを頼まれたものらしく、慌ただしく踵《きびす》を返した。安吉は言われた通り、そのままの状態ですぐに部屋を出た。

自分たちの長屋を出て、厨房の脇を通り過ぎ、庭を伝って主人一家の家屋へ向かう。ここには、長門の父と長門、それに二人とは別棟に九平治が暮らしていた。

安吉はこちらの家屋の中へ入ったことはない。一度、長門をひどく怒らせてしまった際、詫《わ》びを申し入れるため出向いたことはあるが、その時も中へは入らなかった。

（今日は中へ入れっていうことだよな）

建物の前まで行き、主人たちが出入りしている玄関口を避け、使用人用の出入り口を見つけると、そこで声をかけた。

「安吉がまいりました。旦那さんより呼ばれまして」

中へ声を張り上げると、すぐに女中の「へえ」という声が応じた。

「お上がりやす。中でお待ちどすさかい」

現れた女中に案内されて、安吉は静まり返った廊下を行き、一室へ通された。

そこは八畳ほどの書斎のような部屋で、文机《ふづくえ》や書棚などが置かれている。そこに、九平治と長門がいた。二人ともすでに旅先のものとは別の小袖《こそで》に着替えている。安吉は自分がまだ着替えていなかったことに気づき、まずかったかと思ったが、今となってはもう遅い。

「今日は休んでええと言うたのに、すまんかったな」

九平治がまず言った。

「いえ、この度は道楽をさせていただいたようなもんですから」

安吉はそう答え、ちらと長門の顔色をうかがう。九平治と一緒にいる時は総じて機嫌が悪いように見えるのだが、今も例外ではないようである。

「実はな、寒天のことで話をしようと長門を呼んだのやが、あんたにも聞いといてもらおと思うてな」

「へえ」

安吉は答え、またちらと長門を盗み見たが、素知らぬ顔をしている。

「安吉、あんたは寒天を使った菓子を作るのがええと言うてたな」

「はい。今のところ、寒天菓子なんて見当たらないんですから、果林堂がその先陣を切ることになったら、すばらしいと思います」

安吉は再び熱意をこめて言った。

「そうや。寒天を使いたいと思う菓子屋や職人は、今ももうおるかもしれへんし、これからもっと増えていくやろ。せやけど、思うたから言うて、すぐにできるわけやあらへん。また、うちの店でやると決めたから言うて、すぐにええ菓子が作り出せるわけやあらへん。

むしろ、これからの思案が大変なところやし、出来上がるまでにどれだけの時がかかるか分からへんのや。せやけど」

やってみる値打ちはあると思う――と、九平治は力のこもった声で言い、長門をじっと見据えた。

長門は九平治と目を合わせようとはしない。その時、

「長門」

と、九平治は静かに義弟の名を呼んだ。

長門が目だけを動かして、九平治を見つめ返す。

「あんた、この寒天を使うた菓子作りに懸けてみる気はないか」

真剣そのものの問いかけだった。長門の返答はない。

沈黙が落ちる中、安吉は息を詰めて待ったが、それでも長門の口は動かなかった。根負けした様子で、先に口を開いたのは九平治であった。

「あんたがうんと言わへんでも、果林堂は寒天菓子作りを始める。けど、あんたかて年が明ければ十二や。職人を目指すんなら、修業を始めるのに遅すぎるくらいやろ。柚木の家のもんとしては、やけどな」

長門の唇がかすかに動いた。が、そこから言葉が紡ぎ出されることはなく、長門は噛み締めただけであった。

「あんたが寒天を扱うてみたいと言うんなら、そのための厨房を作り、あんたが名指しし

た職人をそちらに回したる。安吉をと言うんなら、それもええ。売り物の菓子は作らんでええさかい、新しい菓子作りだけに専念してもらうつもりや」

どうや――九平治はもう一度、長門に問うた。

傍らで話を聞いていた安吉は、目が回るような心地であった。新しい食材を使った菓子作りへの挑戦、そのための厨房に、そのためだけの職人、さらにはそれ以外の菓子作りからは解放され、ただひたすら新しい菓子を追い求めることができるという。職人として、これ以上は望みようのない好待遇である。

もちろん、何百年と続く柚木の血筋だからこその待遇には違いない。だが、それも九平治がこれまで果林堂を営み、利益を上げてきたからこそ可能なのだ。長門がそれを分からぬはずはない。

（どうか、長門さま。承知してください）

安吉はいつしか拳を強く握りしめ、祈るように思っていた。他人ごととはどうしても考えられない。長門自身のために、この好機をつかんでほしいと願わずにいられなかった。

「それは……」

ややあって、長門の声が沈黙を破った。安吉の聞き慣れた皮肉っぽい声である。新しいことに挑戦する少年の前向きな声ではなかった。

「二条さまからの申し出をお断りするための策略どすか？」

嫌み混じりであることはよく分かったが、長門の語る内容が安吉にはまるで理解できない。しかし、九平治はこの言葉を聞くなり、顔色を変えた。

「お義兄はんは、策を練るのがお得意やさかいなあ」

長門の皮肉はさらに続く。ややあって、

「……知ってたんか」

低い声で、呟くように九平治が訊いた。

「お父はんから聞きました」

あっさりした長門の返事に、九平治は苦い表情を浮かべた。

「あてが話を切り出すまで、長門には言わへん約束やったやないか。お義父《とう》はんにも困ったもんや」

長門や安吉に聞かせるつもりはないのだろうが、言わずにはおれないという様子で、九平治は呟く。

「文句なら、お父はんに直《じか》に言うてください。ほな、あてはこれで」

長門は悠々とした口ぶりで言うと、そのまま立ち上がり、部屋を出て行ってしまう。肩を落としてうつむいている九平治は顔も上げなかった。

「あ、あのう。俺、長門さまを追いかけましょうか」

自分がここへ呼ばれたのは、こういうふうに話が壊れた時、長門をなだめるためだったのだろうと頭をめぐらせ、安吉は九平治に尋ねてみた。が、案に相違して、顔を上げた九平治は首を横に振った。

「今は放っておけばええ」

と言う。

「分かりました」

と応じたものの、そうなると、安吉がここにいる意味はもうなさそうだ。「なら、俺も失礼します」と言おうとした時であった。

「二条さまのお申し出のこと、長門から聞いてるんか」

九平治が相変わらずの低い声で、安吉に尋ねてきた。

「いえ、何のことやら、俺にはさっぱり」

安吉はぶんぶんと首を横に振る。

「ほうか」

力ない声で応じたものの、言い訳を聞いてもらいたいのか、九平治は自ら語り出した。

「二条さまに〈女郎花《おみなめし》〉をお渡ししたの、覚えてるやろ。あれは長門が考え出したもんなんや」

「はい、そのお話は聞きました」

「あの菓子を召し上がった二条さまがなあ。長門の案やとお耳になさって、長門を欲しい、言わはったのや」

「欲しいって……?」

「お屋敷に住まわせて、二条さまのためだけに菓子を作らせるってことや。柚木家は代々、宮中の職人やったさかいな。その家のもんを屋敷の子飼いにするんは、二条さまにとって誇らしいことなんや。本来なら、主上《おかみ》の御《おん》ための職人を独り占めすることは許されんさかいな」

「でも、それなら長門さまだって……」

「柚木家の跡継ぎならあかんけど、そうでなければ問題にはならへん。せやけど、あてはまだ誰に跡を継がせるか決めてないのや」

柚木家の家督の件について、九平治が何かを語るのを聞くのは初めてのことであった。

「それは、長門さまを跡継ぎにすることもあり得るってことですか」

安吉は慎重な口ぶりで問うた。

「そりゃあ、長門の才と努力を見極めてのことや。それに、あの性質も今のままやとなあ」

長いため息がそれに続く。安吉は相槌《あいづち》を打つこともできずに黙っていた。

「まあ、二条さまからのお申し出は、長門が修業をしてへんことを理由にお断りしたんやけど、ほな二条家で仕込むからええと言わはってなあ。お断りするからにはそれなりの理由をつけなあかんようになった」

「それで、寒天菓子の……」

「まあ、寒天を使うた菓子作りは前々から考えとったんやけど、これを機に、長門にも修業を始めさせたらどないやろと思うてな。六つやそこらで〈女郎花〉を考えたんや。才があるんは間違いない。そんな長門をお義父はんかて手放す気はあらへんさかい、二条さまのお申し出はお断りしよ、ちゅうことで、話はまとまってたんやけど」

「長門さまには内緒にしておくはずのそのお話を、ご隠居さまがお話しになってしまわれたということですね」

先ほどの話の流れを思い出し、安吉は納得した。

「ずっと隠しておくつもりやなかったのやで。ただ、先に聞いてしもたら、あての謀《はかりごと》やと長門が考えるのは目に見えとったさかい、まずは寒天の話を持ち掛け、その後で話すつもりやったのや」

言い訳するような九平治の言葉にうなずきながら、

「でも、長門さまだってこのお話を断るとおっしゃったわけではありませんし、まだ分からないのではないでしょうか」

安吉は自らの期待もこめて言った。

「その通りや。まあ、あれが初めから素直に聞き容《い》れるとは、あても思うてへん。あんたをこの場に呼んどいたのも、何があったか、いちいち説明するのが面倒やったからなんやけど……」

九平治は悄然《しょうぜん》とした様子から立ち直ると、いつもの主人の顔に戻って、安吉に目を向けた。

「あんたのやらなあかんこと、分かってるやろな」

急にきびきびした口調で言われて、安吉は少し慌てた。

「ええと、長門さまのご機嫌が直るよう、お慰めするというか、そんな感じのことでしょうか」

「もちろんそうや。けど、今度は長門に今の話を承諾させなあかん。下手を打てば、お義父はんやあてがいくら反対しても、二条さまのとこへ行くと言い出すかもしれへん。そないなこと、お義父はんもあても認めるわけにいかへんのや。分かるな」

「……へえ」

うなずきながらも、果たして長門がこの家を出て二条家へ行くなどと言い出すだろうかと、安吉は内心で首をかしげていた。何のかのと言っても、長門の態度はただ頼り甲斐《がい》のある兄に、わがままを言っているだけのようにも見えるのだが……。

とはいえ、天邪鬼《あまのじゃく》の長門に九平治の申し出を承諾させるのは、決して容易《たやす》いことではないだろう。

「分かりました」

安吉は気を引き締めて答えた。

「何かあったら、必ずあてに知らせるのやで」

九平治が最後は気がかりそうな目で、安吉に念を押した。

五

安吉が長門と二人だけでじっくり言葉を交わすことができたのは、それから五日も後のことであった。

九平治の命令もあったので、話をする機会を作らねばと思っていたのだが、こういう時に限って、長門からの呼び出しはない。三日が経った頃、思い切って長門の住まいへ出向いたのだが、長門は会ってくれなかった。取り次ぎの女中の言葉によれば、「しばらくは外出する気にならへん」と言っているそうで、やむを得ない用事を除いては、自室からも出て来ないのだとか。

安吉は為《な》す術《すべ》もなく引き下がるしかなかった。だから、その二日後、厨房で使われた道具類を洗っていたところへ、ふらっと現れた長門から「安吉、行くで」と言われた時には、飛び上がらんばかりの心地を覚えた。

安吉が誰からどんな仕事を任されていようと、長門からの言いつけが優先されるのが果林堂の掟《おきて》であったから、文句を言う者など誰もいない。

安吉は厨房の職人たちに断って、長門の供をし、京の町に出た。

途中で長門は駕籠を拾い、安吉はいつものように徒歩で従う。この日、長門が向かったのは愛宕山《あたごやま》であった。

山頂には愛宕さんと呼ばれる神社が建つ。長門は麓《ふもと》で駕籠を降りた。愛宕神社への参拝客のため、山登りだけを担う駕籠屋も控えているのだが、長門はそちらには見向きもせず、自力で登るつもりらしい。

石清水八幡宮にお参りした際、苦しそうにしていた長門を思い出し、安吉は少し心配になったものの、長門が歩き出すと、黙って従った。

「あんた、愛宕さんについては何か知ってるんか」

少し進むと、長門がいつものように話しかけてきたので、安吉はほっとした。

「ええと、名前は知ってます。何か怖い神社っていうふうに思ってましたけど」

「愛宕さんにまつわる怖い話でも聞いたんか？」

改めて長門から問われると、安吉は首をひねった。

「いえ、特にそういうわけでは……。いや、俺が忘れてるだけなのかな」

「あんなあ」

少しあきれ気味の声を漏らした後、

「あんたが聞いたんは大方、悪左府《あくさふ》の話か、光秀《みつひで》公の話でっしゃろ」

と、長門は言う。

「あっ、そうです。光秀公の話は聞いたことがありました」

明智《あけち》光秀が織田《おだ》信長《のぶなが》を討つ本能寺の変の直前、愛宕神社で句会があり、そこで、隠した決意をうかがわせる俳句を詠《よ》んだとか、そんな話だ。だが、悪左府の話は初耳である。長

門に尋ねると、

「悪左府は藤原頼長《ふじわらのよりなが》公というお人や。左大臣までならはった。近衛《このえ》の帝《みかど》の頃、次の皇位をめぐる対立があったんやけど、頼長公はよりにもよって帝を呪いたてまつり、この愛宕山で人形の目を釘で打ったのやとか。もっとも、その話自体が陰謀やったという説もあるようやけど」

と、くわしく話してくれた。

「目を釘で打つんですか。恐ろしいですね」

安吉は顔をしかめながら応じた。

「近衛の帝が眼病にかからはったのは事実やそうや。呪いのせいかどうかは分からへんけどな」

「じゃあ、やっぱり愛宕さんは怖い神さまなんですか」

「阿呆。今の話はぜんぶ人の仕業やろ。愛宕さんはそれより前からずうっと、ここに鎮座ましましたのや。火伏《ひぶせ》のご加護を与えてくださるありがたい神さんや」

「へえ、火伏の……」

「三つになるまでに愛宕さんへお参りすると、火事の難儀に遭わんですむちゅう話もあるくらいや」

「そうなんですか。じゃあ、長門さまは……」

「柚木の家は火を使う仕事やさかいな。子が生まれると、その習わしは守ってる」

「それなら、長門さまはずうっと火伏のご加護があるんですね」

安吉はほっとした気分で呟いた。その時、火事という言葉に引き寄せられるように、安吉の脳裡《のうり》にある娘の顔が浮かび上がった。

（なつめさんも京の生まれだったのに、三つになるまでに愛宕さんにお参りしなかったんだろうか）

火事で家も親もなくしてしまったというなつめの身が思いやられ、安吉はいつになくしんみりした気分になった。なつめから頼まれていた火事の真相について、その兄慶一郎と思われる人物の話を耳にしたものの、くわしいことは分からぬまま、なつめに文《ふみ》を書くことさえ、まだ果たしていない。

「何や。しょうもない顔して、何かあったんか」

長門から訊かれ、安吉は我に返った。

「あ、いえ。ちょっと江戸にいる知り合いのことを思い出しまして」

長門が先を促すような眼差しを受け、安吉は話を続けた。

「その人、京の生まれなんですよ。けど、今からだと九年前になるのかな、こっちで火事に遭って、身内を亡くし、江戸へ下ったって聞いたんです。それで、今の話を聞いて、ここへはお参りしなかったのかなって」

「あんたが世話になった人なんか」

長門が安吉の過去や身辺のことを尋ねたのは、これが初めてのことであった。

「いや、世話になったこともありますけど、一応は俺の方が兄弟子なんですよ。まあ、お節介の過ぎる妹みたいなもんですかね」

「弟子？　妹？　ちゅうたら、女子《おなご》の菓子職人なんか」

「へえ。今はまだ見習いだと思いますけど、職人を目指してるんです」

女が職人を目指すという話に、わずかに目を見開いたものの、長門はそのことについては何も言わなかった。その代わり、

「ほな、愛宕さんの火伏のお札を送ってやったらどないや」

と、ふと思いついた様子で言い出した。

「愛宕さんの末社は江戸にもあるのかもしれへんけど、ここ京の愛宕さんが総本山や。このお札以上に効き目のあるもんはないやろ」

「あっ、それ、いいですね」

安吉はすっかり乗り気になった。

（なら、兄さんのことを知らせる文に、火伏の札もつけて送ろう）

そう心を決め、安吉はますます元気よく山を登っていたが、長門の方はやはり途中で疲れも見えてきた。ところどころで少し休みながら、二人はようやく社殿へと至る階段の下まで来た。

「後は、この段を上ったら終わりや」

長門は肩で息をしながら、階段の上を睨《にら》むように見つめて言う。

「はい、長門さま。もうひと踏ん張りです」

安吉から励まされて、長門は嫌そうな顔を浮かべた。

「あんたに上から物を言われると、何か腹が立つわ」

「そんな……上から言ったつもりなんてありませんが、申し訳ありません」

安吉は慌てて謝った。

「まあ、ええ。ここを登ったとこには茶屋も出てる。ここは〈しんこ餅〉が有名や」

「しんこ餅ですか。それは、どういう……」

安吉は下げていた頭を上げると、首をかしげた。

「上新粉で作った少し甘い餅や。ふつうの餅菓子より柔らかうて粘り気がある」

寺社の門前で出される風習があり、町中《まちなか》の菓子屋では注文を受けない限り、作ることはあまりないのだとか。

安吉はしんこ餅の味をあれこれ空想しながら、階段を上り始めた。


それから半刻（一時間）ほどの後、安吉は愛宕神社でのお参りも済ませ、火伏の札も買い求め、茶屋に腰を下ろしていた。帰る前に茶屋で菓子を食べるひと時が、こうした外歩きでの安吉の大きな楽しみだった。

しんこ餅は細長い棒状のものをひねった形をしており、白と赤と緑のものが一皿に盛られている。

「ずうっと昔、唐から伝わった菓子を唐菓子と呼んでたんやけど、それがこないな形をしてたんやて。その唐菓子は揚げて作るもんやさかい、しんこ餅とは別物なんやけど、形だけはそれを真似《まね》てるそうや」

長門の説明を聞きながら、安吉は白いしんこ餅を丸ごと口に入れた。

「確かに、餅菓子より粘っこいんですねえ。それに、この甘味がここまで来るのに疲れた体に染み渡る気がします」

安吉はにこにこしながら、次々に赤いしんこ餅、緑のしんこ餅と口に入れていった。体が欲していたせいか、あっという間にぺろりと平らげてしまった。長門が食べ終わるのを待ってから、

「あの、長門さま」

安吉はおもむろに切り出した。今日、ここまで一緒に過ごしていながら、二人はまだ一度も寒天を使った菓子作りの話をしていなかった。九平治から命令された安吉は何とか長門を説得しなければならないのだが、長門もまた、その機会を待っているのではないかと、安吉には思われる。

「不躾《ぶしつけ》ですが、先日、旦那さんから頂戴《ちょうだい》した寒天菓子のお話、長門さまがどう考えているのか、お尋ねしてもいいでしょうか」

勇気を出して尋ねると、

「お義兄はんから訊いて来い、言われたんか」

長門は薄い笑みをはりつかせながら訊き返した。

「いえ、その……。旦那さんからそういうことを言われたのは確かですけども、俺自身も知りたいんです。長門さまがどうしたいと思っているのか」

「あんたは……あてが受けたらええと思うてるんやろ」

長門は肝心の自分の考えは述べようとせず、安吉の問題にすり替えてしまう。

「そりゃ、あんたにとっちゃ、願ったり叶《かな》ったりの話やろなあ。あんた、職人の修業をしに京へ来たのに、果林堂では雑用ばっかかさせられて、いい加減くさくさしてるんやろ。そこへ、寒天菓子を作る手伝いをするんなら、それ以外のことは何もせえへんでええ、ちゅう話なんやからな」

「そりゃもちろん、長門さまがこのお話を受けて、俺をその下っ端に使ってくれればいいっていう気持ちはあります。けど、それはどうでもよくて。俺はただ、長門さまがご自分の進みたい道に進んでほしいというのが一番なんです。そして、今度のお話はまさにその好機なんじゃないかって……」

安吉は思わず声を高くして言い募ったが、途中でそれに気づき、口を閉ざした。長門は言い返そうとはしない。安吉は今度は声の調子を落とし、改めて口を開いた。

「だって、長門さまは菓子を作りたいとお思いですよね」

「……」

「そう思わないいわけないじゃありませんか。あんな〈女郎花〉みたいなすばらしい菓子を、頭の中だけで思い描き、作り方まで考えられるお人が……」

「作り方、いうたかて、ただ材料と形を適当に言うただけや。あてはきちんと菓子を作ったことがないんやからな」

長門は安吉から目をそらし、少しうつむき加減で呟くように言う。

「そこがすごいんじゃないですか。菓子を作ったことのない人が、頭の中で新しい菓子を思いつくなんて、ふつうはできません」

長門は下を向いたまま、顔を上げようとしない。

「旦那さんにいろいろ言いたいことがおありだとは思います。俺なんかには想像もできないお苦しみがあるのかもしれない。でも、それを脇に置いても、この機は逃しちゃいけないんじゃないでしょうか。それとも」

二条さまのお屋敷へお行きになるつもりなんですか――黙り込んでしまった長門を前に、安吉は震える声で訊いた。

「別に、二条さまのとこへ行きたいと思うてるわけやあらへん。それに、あてかて、お義兄はんが嫌いなわけやあらへん」

「それなら――」

「せやけど」

言いかけた安吉の言葉は、それ以上に力のこもった長門の声に遮《さえぎ》られた。

「あん人に頭を下げるのだけは嫌なんや。親方や師匠と呼ぶのも、我慢ならへん」

菓子の修業を始めることになった時、長門が師匠と仰ぐのは当然、九平治ということになる。

「で、でも、長門さまは旦那さんの弟なのですし、弟が兄に頭を下げるのは……」

「弟としてならかまへん。せやけど、柚木家の嫡男がその血を引かんもんを師匠と呼んで、教えを乞うのは我慢ならへんのや」

いつしか顔を上げた長門は燃えるような目をしていた。憤り、やりきれなさ、思い通りにならないことへの苦痛――そうした感情を長門が安吉に見せるのは、初めてのことであった。

「お父はんがあん人に、一度だけ頭を下げてるのを見てしもたさかいな。あん人を養子にすると決めた時のことや」

長門は自分がどんな顔をしているか、はっと気づいた様子で、下を向いてしまった。だが、その言葉は少し抑え気味の声で続けられた。

「お父はんはこれまで、神さまとご先祖さまとお客はん以外には頭を下げたことのない人やった。それやのに、金がのうなったばかりに、あん人に頭を下げた」

仕方ないことと分かっている。だから、自分も九平治に弟として頭を下げた。

だが、柚木家の職人として頭を下げることはするまいと、その時心に決めたのだと、長門は言った。

「あのう……」

安吉は長門が口を閉ざすのを待って、躊躇《ためら》いがちに口を開いた。

「長門さまの今のお気持ち、旦那さんには言いにくいことだと思います。だけど、もしかしたら、それは旦那さんも同じなんじゃないでしょうか」

「どないな意味や」

再び顔を上げて訊き返した時、長門の表情から激したものはすでに失われていた。

「旦那さんも、長門さまを弟子として扱うのを、躊躇っておられるかもしれないということです」

安吉はしゃべりながら考えをまとめるような調子で続けた。

「だって、それが平気なら、長門さまには果林堂の厨房で一から修業しろって言うんじゃないかと思うんです。でも、今回のは、新しい厨房を作るから、そこで新しい菓子を作れっていうお話なんですよ」

「ほな、お義兄はんはあてに菓子作りの手ほどきをする気はない、ちゅうことか」

「うーん、ご本心を聞いたわけじゃないから分かりませんが、ふつうの親方と弟子みたいにはなれない、と思ってるんじゃないでしょうか。でも、長門さまには職人になってほしい。ついでに言えば、余所の家に取られたくないんだと思いますけど」

長門はぷいと横を向いた。その表情はいつもの皮肉っぽい長門のものであったが、どことなく寂しげな翳《かげ》りが漂っているように見えた。安吉は我知らず胸を衝かれた。

「長門さまはもしかしたら、ご隠居さんから手ほどきを受けたいと思っていらっしゃるんですか」

気がつけば、これまで考えたこともなかったことを、安吉は口走っていた。しかし、口にした直後、それこそが長門の本心ではなかったかと思い至った。

「お父はんはもう隠居したのや。家督を譲ってからは厨房には入られてへん」

横を向いたまま、長門は呟くように言う。

「でも、長門さまが望んでいらっしゃるなら、叶えてくださるかもしれないじゃありませんか。旦那さんだって聞き容れてくださるかもしれません。だって、これまでだってそうだったじゃないですか。旦那さんは長門さまのおっしゃることなら、何だって……」

「あれが欲しい、これがしたい、ちゅうことなら、何でも言える。けど……」

そこで、長門の言葉は先細るように消えてしまった。

「菓子作りのことでは言えない、ということですか」

「……」

「分かるような気がします。長門さまにとって、菓子作りはこの世で最も尊いと思えることなんですよね。俺も……図々しいかもしれないですけど、そう思えるから」

あんたごときと一緒にするな――と叱られても仕方ないところだったが、長門の口からその類《たぐい》の言葉は漏れなかった。

「もう少し考える」

ややあってから、長門はぽつりと言った。ひどく素直な物言いだった。

安吉は「はい」と答えた。

（俺は長門さまのお手伝いがしたい。心の底からそう思ってます）

そう言いたかったが、たぶん今は言うべきではない。

ふと首を上げると、山頂から見る青空ははっとするほど広々としている。

愛宕山の上空を鳶《とび》がゆっくりと旋回していた。

六

その翌日の夕刻頃、安吉は手代の茂松に教えてもらった代筆屋を訪ねていた。元は医者だったという男が主人で、字が上手いだけでなく、こちらの話をうまくまとめてくれるという。

「俺、書いてもらいたいことをうまく話せるか、心配なんですけど」

安吉が不安を口にすると、茂松は「心配あらへん」と請け合ってくれた。

「あんたがどない取り留めのない話をしたかて、代筆屋はんの方でうまあくまとめてくれるさかい」

その茂松の言葉に力を得て、安吉はその日、仕事が終わってから代筆屋を訪ねたのであった。還暦ほどの代筆屋は、安吉を前に座らせると、

「牧中庸《まきちゅうよう》と申す」

いかにも気難しげな顔つきで名乗った。

「へ、へえ。俺は果林堂で働いてる安吉と申しまして」

ついしゃちほこばった物言いになってしまう。

「して、文の代筆をお望みやな」

中庸の言葉に、安吉は何度もうなずいた。

「ほな、相手の名、宛先《あてさき》、知らせたい内容を言いなはれ」

中庸は文机の上に真っ白な紙を広げ、筆を手にした格好で言った。

「ええと、相手の名は瀬尾なつめさん、宛先は江戸は駒込坂下《こまごめさかした》……」

と言いかけた安吉は、この文がうっかり人に知られてはならぬ内容を含むことを思い出した。宛先は照月堂ではなく、なつめの暮らす大休庵にした方がよいのではないか。

安吉は宛先を言い直し、それからはたと困惑した。

「あのう、書いてほしいことはいくつもあるんですけど、俺、文の言い回しってよく知らなくて。どんなふうに言えばいいのか」

安吉がもじもじしていると、中庸がじろりと安吉を見据えてきた。

「どう書くかを考えるのは当方の仕事ゆえ、あんたはんは考えんでもええ。とにかく、伝えたいことを思いつくまま言いなはれ」

中庸から促され、安吉は少し考えてから口を開いた。

「ええと、思いつくままですね。では、まず長い間無沙汰をしてすまなかった、と書いてください。あっちはたぶん首を長くして、俺の文を待ってたと思うんですけど、俺は俺でこの一年、とても忙しかったんですよ。照月堂の旦那さん……」

照月堂の字をどう書くか訊き返された安吉は、それを答えてからさらに語り継いでいく。初めぎこちなかった語り口も、徐々に勢いがつき始めていた。

「その照月堂の旦那さんの仲立ちで、俺が身を寄せた果林堂は大きくて立派な店でした。果林堂は柚木家というお家が営んでいるんだけど、ご主人の弟の長門さまという方がいらっしゃって。この方がまだ十一歳なんだけれども、菓子のことにすごくくわしくていらっしゃるんです。その長門さまは俺をたいそう気に入ってくださって、もしかしたら、果林堂始まって以来のとても大きなお仕事を任されることになるかもしれない。あ、いや、俺が任されるんじゃなくって、長門さまが任されて、俺はその長門さまのお手伝いをさせてもらえるかもしれないって話なんですが……」

あのう、こんなふうに話してよかったんでしょうか――安吉は思い出したように口を止め、中庸の顔色をうかがうようにした。中庸は安吉の話に耳を傾けつつ、鷹揚《おうよう》に筆を動かしていたが、かまわずに先を話せと顎《あご》をしゃくってみせる。安吉は再び口を開いた。

「それじゃあ、次は……。あれ、何を言おうとしてたんだったか」

田丸外記《たまるげき》の話は第一に伝えねばならないが、これだけは他人の耳に入れるわけにいかない。代筆屋は秘密を守るというが、内容が内容だけに口を滑らせてはならないと安吉は用心していた。これは、文の一番後ろに自分で書き加えるつもりである。

（それを除くとなると、あとなつめさんに言っとかなきゃいけないことって……）

「これで終わりどすか」

と、中庸から促され、安吉は慌てた。

「いえいえ、待ってください。ええと、俺はこっちへ来て、なつめさんから勧められた〈最中《もなか》の月〉を食べました。このことはぜひとも書いてください。それから、みたらし団子がどうやって生まれたのかも知ったし、吉田《よしだ》神社で菓子の神さまを拝みもしました。いろいろなことを、長門さまが教えてくださったんです。京都には俺の知らないことがいっぱいあって、京へ行くよう勧めてくださった照月堂の旦那さんにも、本当に感謝しています。ここで生まれ育ったなつめさんがうらやましいくらいで……。そうそう、この前、長門さまに愛宕神社へ連れて行っていただきました。火伏の神さまとして有名なんだそうで。もちろん江戸にも火伏の神社はあるだろうけど、京の愛宕さんはやっぱり格が違うし、ご利益の大きさも違うだろう。もう二度と、なつめさんが火の災難に遭うことがないように、お札を送ります。ええと、お札は後で俺が文と一緒に入れ直しますんで、今は持ってきてません。あ、このことは書かなくてけっこうです」

「書くわけないですやろ」

中庸があきれたような声と共に筆を置き、これだけでええのやなと念を押した。

安吉はもう一度頭の中で、内容を思い浮かべ、大丈夫だろうとうなずき返す。すると、中庸はまだ墨の乾き切っていない文を、安吉の方に向けて畳の上に置いた。身を乗り出し

て、文をのぞき込んだ安吉は、

「えっ、これだけ?」

と、思わず呟いてしまう。自分が今しゃべったことがわずか十行ほどの文に、すべて収まるとは思えないのだが……。

「文ちゅうもんは、相手を前にしゃべるのとは違いますのや。しゃべる時には相手の顔色を見ながらになるさかい、余計なことをたくさん口にします。文にはそないなもんは要《い》りまへん。あんたはんの場合は――」

中庸は扇を取り出すと、その先端で文の該当箇所をぴしりと叩《たた》いた。そこは、安吉から見て右端から三行目であった。

「長《なが》の無沙汰への謝罪」

扇の先端が左の行へと動いた。以下、説明に従い、どんどん左へ移動していく。

「果林堂の長門さまへの敬意。あんたが最中の月を食べたことと、京がいかにすばらしい土地かということ。そして霊験《れいげん》あらたかな愛宕さんの火伏のお札を送るゆえ安心してよいということ。これで十分ですやろ」

「んん?」

自分が長門に気に入られていることも、大きな仕事の手伝いをするかもしれないことも、みたらし団子も省かれている。それに、京がすばらしい土地だってことを、そんなに強調しただろうか。

「あのう。初めの二行に書かれているのは……」

「これは時候の挨拶ちゅうもんや。嵐山の紅葉が惜しまれながら散り急いだかと思うと、はや立冬、初霜も見られるようになった。そないしたためておきましたさかいな」

むしろ、その部分こそ不要なのではないか。ひそかにそう思ったが、文の作法とはそういうものなのだろう。安吉は勝手に納得すると、十文の代金を支払って代筆された文を受け取った。自分の住まいへ持ち帰ってから、改めて机の前に座り、おもむろに文を開く。

「あんたが机の前に座るとはめずらしいなあ」

同室の茂松が目を剝《む》いたが、江戸の知り合いに送る文に付け加えることがあるのだと話すと、「まあ、気張りなはれ」と応援だけして、一人先に布団の中へもぐってしまった。

安吉は墨を磨りながら、田丸外記から聞いた話をどう書くべきかと頭をめぐらせる。

（まずは、果林堂の客の中に、田丸外記さまという方がいらっしゃったことを伝えなきゃいけないよな。外記さまは奥方と離縁なさったんだけど、その奥方が行方知れずになって捜しておられる。元奥方さまは果林堂の〈最中の月〉が好きで……って、そんなことは書かなくてもいいのか。俺はその田丸さまのお話を聞くようになって、くわしいことを知ったんだけど、その話がどうやらなつめさんのお兄さんと関わるんじゃないかと思う）

こんな感じでいいのかと、安吉は頭の中でもう一度考え、それから文の最後に「追記」と書き、田丸外記のことを記していった。

外記が奥方と離縁したのは、奥方の不義の噂《うわさ》が原因だったこと、奥方は密通したわけではないが相手の男に想いを寄せ、恋の歌のやり取りもしていたこと、相手の男の家名は瀬尾《せのお》で、二条家に仕える武家であり、二親と共に火事で死んだこと。

自分が知ったのはこれだけだと書き、安吉は筆を置いた。

（なつめさん、驚くだろうな）

安吉は小さく息を吐いた。なつめの心に思いを馳《は》せると、この内容をそのまま知らせることに躊躇《ちゅうちょ》を覚えないわけではなかった。もう少し、ちゃんとしたことが分かってからにしよう、と思う気持ちもあり、文を出すのが遅くなってしまった。

せめて外記の奥方の名前と、その相手の男の名前が分かってからにした方がよいのではないか。そう思って先延ばしにしていたのだが、外記は安吉に奥方のことを打ち明けて以来、果林堂に姿を見せなくなってしまったのだ。

もうこれ以上は先延ばしにするべきではない。愛宕神社の火伏のお札をなつめに送るよう、長門から勧められた時、安吉も心を決めた。

安吉は自分の書いた内容にもう一度目を通し、間違っていないことを確かめた。中庸に書いてもらった部分に比べ、筆跡があまりに幼稚で読みにくいが、まあ仕方がないだろう。安吉は納得すると文を折り畳み、火伏の札と一緒に、表書きの紙に包んだ。後はこれを飛脚屋に持って行けばいい。

安吉は文を机の上にきちんと置くと、行灯の火を消して寝床の中に潜り込んだ。

それから数日を経た十月半ば過ぎ、江戸ではなつめが安吉からの文を受け取っていた。

（安吉さんからの文が照月堂ではなく、大休庵宛てになっているのは……）

　部屋の文机の上に置かれたそれに、なつめはすぐ目を通すことができなかった。

　了然尼から、兄慶一郎が不義を働いていたかもしれぬと聞いて以来、兄のことを思うと頭の中は混乱する。無事に生きていてほしいと願う一方、再会したいという気持ちに迷いが生じていた。会って兄に何を言いたいのか、分からない。不義のことが事実で、それが火事と両親の死の原因ならば、兄は自分に顔向けできないと思うのではないか。

　だったら、会わぬままでいた方がよいのかもしれない。そんな気持ちが枷《かせ》となって、なかなか踏ん切りがつかなかったのだが、夕餉を終えて部屋へ戻ってから、なつめはようやく心を決めた。

　それでも、恐るおそる表書きの紙を取る時、指先は小さく震えてしまった。それがぴたりと止まったのは、文と一緒に愛宕神社のお札を見つけた時である。

（これは火伏のお札。安吉さん……）

　なつめはそれを少し上に掲げ、頭を下げると、意を決して文を読み始めた。

　驚くような達筆と、流れるような文章は、誰かに書いてもらったものだろう。安吉の京での暮らしぶりや愛宕神社のお札を添えた経緯などが説明された部分を、なつめはしみじみとした心地で読み進めていった。

　書きぶりが変わったのはその先で、筆跡が違うから、ここからは安吉が書いたと思われる。内容は予想通り兄に関わることであった。

（これは、了然尼さまから聞いたお話を裏付けするもの……）

なつめは読み終えた文を膝の上に置き、小さく息を吐いた。

安吉が想像しているほど、自分は驚いていないだろうと思う。何より驚くべき不義の噂については、すでに了然尼から聞かされていた。

もっとも、安吉の文によれば、二人の間に密通の事実はなかったらしい。とはいえ、二人が想いを寄せ合ったのは確かで、そのために田丸夫婦は離縁してしまったという。また、あの夜、父を激怒させ、諍《いさか》いの原因となったのも、そのことなのだろう。

（兄上、人さまが大事にしておられるお方に、恋の歌だなんて）

誰かに想いを寄せること自体を、悪いこととは思わない。その人がすでに誰かの夫や妻になった人であったとしても、それ自体は罪ではない。了然尼が言っていたように、恋の奴《やっこ》につかみかかられたら、人はもうどうしようもない、そう考えることもできる。

けれど、想いを寄せただけで止めるべきだった、と思う。仮に相思相愛だったのだとしても、行動にするべきではない。恋の歌を作ったとしても、それを相手に送ってしまっては駄目だ。

（兄上、どうして）

その結果として、田丸外記とその妻を不幸にしてしまったではないか。そして、あの火事がこの一件と関わりがあるならば、父と母の死をも招いたことになる。

（もしや、兄上は……）

恐ろしい想像が浮かび上がってきた。

（田丸さまの奥方と今、一緒におられる？）

まさか、そんな――と一瞬で打ち消したものの、田丸外記の妻が行方知れずというのは、兄の慶一郎と同じ状況である。外記が元奥方を捜すのも、二人が一緒になるのは断じて許しがたい、そう思えばこそではないのか。

（私だって、そんなこと許せるかどうか）

そう思った時、富吉から聞いた言葉がよみがえった。

――父ちゃんが留守の時、おいらが臥《ふ》せっていたら、けいさまが診《み》て治してくれたんだ。

それに、父ちゃんが薬を作るのを手伝ってくれることもある。

くわしい経緯を聞いたわけではないが、そこからうかがえるのは決して身勝手な人物像ではない。だからこそ、なつめも「けいさま」が兄ではないかと思ったのだ。

いっとき心を占めた激しい思いはやがて消え失せ、なつめは落ち着きを取り戻した。

（やはり、このまま何も分からないより……）

せめて「けいさま」が兄かどうかだけでも、できることなら確かめたい。

心は嵐の海に浮かぶ小船のように大きく揺れ動き、自分でも何を望んでいるのか、なつめは分からなくなりかけていた。

（父上、母上、私はどうしたらよいのでしょう）

なつめは膝の上の文に目を向け、ため息を吐《つ》いた。

外は木枯らしが吹いているのか、がたがたと戸の揺れる音が寒々しく聞こえた。


同じ日の暮れ方。

本郷梨《ほんごうなし》の木坂《きざか》にある戸田露寒軒の屋敷には、二人連れの客人があった。旅姿の若い男と小さな男の子。

露寒軒宅に仕える使用人の男が玄関口で取り次ぎ、いったん中へ引き取ると、その次に飛び出してきたのは露寒軒当人であった。

「そなた!」

露寒軒は若い男が笠《かさ》を脱いだ姿を目にするなり、絶句した。

「ご無沙汰しております、先生」

男はそう述べると、深々と頭を下げた。その袖口を男の子の小さな手がぎゅっと握り締めていた。

第三話　雁の子

一

　十月も半ばを過ぎ、朝夕の冷え込みが厳しさを増してきた頃、店じまいをした照月堂では、番頭の太助より久兵衛に報告があった。

「今日、北村さまのお屋敷よりご使者が見えられて、新たなご注文をいただきました」

　仕舞屋《しもたや》へ来ていたなつめは、帰り仕度の手を止めて耳を澄ませた。

「実は、前にお納めした〈松風〉を出羽《でわ》さまがたいそうお気に召されたそうで」

　少しばかり緊張していた久兵衛の表情が、それを聞くなり和らいだ。

「そうか。あの後、北村さまからそのお話がなかったから、出羽さまがどうおっしゃったのか、気にかかっていたんだ」

　幕府《ばくふ》歌学方《かがくかた》を務める北村季吟は今や照月堂の上客となっていたが、先だって秋の菓子を注文し、それを出羽守柳沢保明《やなぎさわやすあきら》への進物の品としたのであった。

久兵衛はこの時、照月堂で働き出した文太夫の力を借り、謡曲「松風《まつかぜ》」の詞章を生かして、同名の菓子を作り上げた。潮汲《しおく》みの桶《おけ》に見立てた木製のぐい吞《の》みに、黒砂糖を使った葛《くず》を流し込み、そこに煉《ね》り切りの月を浮かせるという趣向の菓子である。

「こうなると思ってはおりましたが、はっきりお聞きいたしますと、やはり嬉《うれ》しいものでございます」

太助も喜びを心に刻みつけるように言う。

「ついては、この度、出羽さまより直々《じきじき》のご注文があるとのこと」

「何、出羽さま直々の？」

久兵衛が驚きの声を上げる。

「はい。ただし、これまで出羽さまとは取り引きがございませんので、北村さまが仲立ちしてくださるそうです。お二方とも同じ菓子をご注文くださいまして」

「そりゃあ、気を引き締めてかからねえとな」

久兵衛は気迫のこもった声で言い、何の注文だったのかと、太助に目を据えて尋ねた。

「冬にふさわしい菓子を、とのことでございます」

「今度は冬か、そうだろうな」

寒い季節には温かいものを、と前に売り出した〈たい焼き〉のようなわけにはいかない。見た目で季節を感じ、茶の湯の席を華やかに彩る菓子が求められている。しかし、樹木が葉を落とし、生き物たちも眠りに就く冬は、他の季節に比べて彩りが少ない。

「先様はやはり旦那さんのお手筋を御覧になりたいようで、少々時がかかってもよいから逸品を頼むとのことでございました」

「なら、新しい菓子を作って、お目にかけるのがいいだろうな」

久兵衛は少し間《ま》を置いた後、その場にいたなつめと文太夫に目を向けた。

「いい機会だ。お前たちもそれぞれ冬の菓子を考えてみろ」

久兵衛の言葉に、なつめはすぐ「はい」と答えたが、文太夫は驚きの表情を浮かべ、返事もすぐにできなかった。

「あの、なつめさんはともかく、私もでございますか」

文太夫は番頭太助の甥《おい》で、今年の秋から照月堂で働き出したばかりである。仕事は店における太助の手伝い全般であるが、それ以前は能役者を目指していたため、お店奉公をしたこともなかった。

「もちろん、食材や味の細かいことをお前に聞きたいわけじゃねえ。けど、それがどんな形の菓子で、餅《もち》菓子か葛菓子か饅頭《まんじゆう》かってことは考えられるだろう。また、銘を思いつくところまでいったら、その由来についても語れるはずだ」

試しに――と言って、少し考える目つきになった久兵衛は、

「お客を前にしてるつもりで、〈望月のうさぎ〉についてちょいと説明してみろ」

と、文太夫に告げた。

「ええと、望月のうさぎでございますね」

文太夫は緊張した面持ちで言うと、改まった様子で切り出した。

「望月のうさぎは丸い楕円《だえん》形の真っ白な餅菓子でございまして、うさぎの顔がついております。中に餡《あん》などは入っておりませんが、ほんのりとした甘みが上品で、季節を問わず召し上がっていただけますでしょう。望月とは十五夜のお月さまを指す言葉でございますが、うさぎといえば、月で餅を搗《つ》く生き物。それゆえ、餅を搗くうさぎ、すなわち〈望月のうさぎ〉と申すのでございます」

滔々《とうとう》と回る文太夫の舌がようやく止まった時、一同はぽかんとしていた。

「こりゃあまた、ずいぶんと多弁だな」

ややあってから、久兵衛が笑みを浮かべて言った。

「申し訳ありません」

文太夫の傍らで、太助が慌てて頭を下げる。

「これ、そんなにまくし立てられちゃ、お客さまが途中で嫌になってしまうだろうが」

「そ、それは相すみません」

ひどく申し訳なさそうに、文太夫が言う。

「こいつはまだ、客あしらいに慣れてませんで。どうかご勘弁を願います」

太助は心から申し訳ないという様子で言うが、久兵衛はむしろ上機嫌だった。

「いや、うちへ来てまだ間がないのに、これだけくわしく言えりゃ十分だ。どうだ、なつめ。望月のうさぎの名付け親としては？」

　久兵衛がなつめに目を向けて訊《き》いた。

「はい。ちょっとした言葉の工夫にまで触れてくださったのが嬉しかったです」

　文太夫に笑顔を向けながら、なつめは答える。

「望月のうさぎはなつめさんが名付けたのでございますか」

　文太夫は少し驚いた表情を浮かべる。文太夫の問いかけには久兵衛が答えた。

「そうだ。菓子の形の工夫は辰五郎が考え、なつめが菓銘をつけた。それによって、うさぎの顔をつけてない餅菓子の頃より売り上げが伸びた。まあ、成功したいい例《ためし》だな」

　久兵衛の顔はいつしか真剣なものとなっていた。

「なつめがこの銘を考え出した時はまだ、職人の修業は始めていなかった。けど、職人でなくても、こういう案を出すことはできる」

　俺はお前にもそういうことができると思ってる――久兵衛の目はまっすぐ文太夫へと向けられていた。

「さっき、望月のうさぎを説明したみたいでいいんだ。いや、あんなにくわしくなくてかまわねえ。違いは、すでにある菓子の説明じゃなく、まだ誰も目にしていない菓子の説明になるってことだけだ」

「まだ誰も目にしていない菓子……」

「そうだ。新しい菓子を作り上げるのは、職人の腕や技とは別の苦労がある。松風の時は、俺が考え出すのを手伝ってもらうだけだったが、今度はお前自身の力を見せてもらいたい。もちろん」

と、そこで、久兵衛の眼差《まなざ》しはなつめへと向けられた。

「お前は職人の修業を積んでる分だけ、文太夫よりくわしい説明ができるはずだ。どんな食材を使うのか、どんな味わいになるのか。自分で作れなくても、そこを思い描くことはできるだろう」

「はい」

なつめはまっすぐな目でうなずいた。

ふと目を向ければ、文太夫の表情もやる気に満ちている。店の奉公人と職人――仕事の異なる者同士、同じ課題を与えることで切磋琢磨《せっさたくま》させようという主人の狙いが感じられ、なつめもまた、心の底から力が湧いてくるように感じられた。

もしこの場に菊蔵がいたならば――ふとそう考えてしまう自分を、なつめは無理に振り払った。

「ところで、話は変わるんだが」

久兵衛が表情を改めて切り出した。その顔にはもう笑みは浮かんでいない。

「薬売りの粂次郎さんだが、いくら何でも来るのが遅いと思わねえか。秋には来ると言ってたんだ。おまさと子供たちも心配してる」

久兵衛は低く沈んだ声になって言った。

「そうですな。少し遅くなっただけかと思ってましたが、すでに立冬も過ぎましたし、気になりますな」

太助が気がかりそうな表情で応じる。

「確か、粂次郎さんは戸田さまのお屋敷へも薬を届けていたはずだ。なつめ、お前は戸田さまから何か聞いていないか」

久兵衛から目を向けられ、なつめは首を横に振った。

「いえ、何も」

粂次郎が兄慶一郎を知っているのではないかということを、露寒軒には話してある。だから、露寒軒も粂次郎のことを気にかけているはずだ。もしも粂次郎が照月堂を避けていたとしても、露寒軒のもとへ顔を見せていたなら、それを知らせてくれるだろう。

「駿河から来てるってことくらいしか、俺たちは知らないからな。消息を尋ねようにも方法がねえ」

一つ息を漏らした後、

「まあ、もう少し待って、何の音沙汰《おとさた》もなければ、戸田さまに伺ってみてもらえるか」

久兵衛は気を取り直した様子で言い、なつめはうなずいた。

（粂次郎さん、富吉ちゃん）

自分が兄のことに感づいてしまったのを機に、もはや自分の前には姿を見せないつもりなのだろうか。

（一日でも早く二人の元気な姿を見たい）

なつめは不安をこらえながら、そう願った。

二

それから二日後、厨房《ちゅうぼう》ではその日の菓子作りが終わって、ちょうどひと息ついた七つ（午後四時）頃のこと。

「お前さん、なつめさん。ちょっと来て」

おまさの声と共に、厨房の戸が外から慌ただしく叩《たた》かれた。

「おまさの奴、いったい、何だってんだ」

手の空いていた久兵衛は、なつめを制し、自ら戸口へ向かった。

「ああ、お前さん」

おまさは緊張と安堵《あんど》の入り混じったような声を出した。

「今、戸田さまがお越しになって」

「なら、すぐに客間へお通ししろ。いや、もうご案内したのか。俺もすぐに……」

と言いかけた久兵衛は、おまさの体越しに来客の姿を見出して驚いた。

人影は二つあった。形《なり》の大きな羽織姿は戸田露寒軒だとすぐに分かる。その傍らに立つ、露寒軒の半分くらいの背丈しかない人影は——。

「富吉じゃねえか！」

久兵衛は声を張り上げた。

急なことで吃驚《びっくり》したが、案じていた富吉を見出した安堵がまず胸を浸していく。一瞬遅れて、どうして粂次郎がいないのかと、疑問が久兵衛の胸をよぎっていった。

富吉を預けて行商に行っているのか。そうだとしても、露寒軒に預けるとはおそれ多いと思ったが、露寒軒の方から申し出たことなのかもしれない。

まず、露寒軒に「ようこそいらっしゃいました」と挨拶《あいさつ》した久兵衛は、続けて富吉にも「よく来たな」と笑顔を向けた。そして、富吉に目を据えたまま、

「粂次郎さんはどうしたんだ」

と、続けて尋ねた。すると、富吉が答えるより先に、おまさが口を開いた。

「それが、何か複雑なご事情があるらしくて、戸田さまがくわしいお話をしてくださるそうよ。できれば、お前さんも一緒にって」

「そりゃあ、もちろんだ」

久兵衛はすぐに答えた。後片付けや仕込みならば、後回しにしても問題ない。厨房を振り返ると、なつめが手を止めたまま、久兵衛に目を向けていた。声が聞こえていたらしく、複雑な表情を浮かべている。

「なつめも一緒がいいんだろうか」

なつめと露寒軒との縁を考え、念のために尋ねると、おまさは首をかしげ、露寒軒の方

を振り返る。

「差し支えないなら、なつめも一緒に呼んでもらった方がありがたい。富吉の話とは別に、わしから話したいこともあるのでな」

と、露寒軒が落ち着いた様子で応じた。

「もう片付けに入ってますんで、差し支えはありません」

久兵衛は丁寧な口ぶりで答えると、振り向いてなつめを呼んだ。

「なつめ、お前も一緒に」

「分かりました」

濡《ぬ》れた手を急いで布巾《ふきん》で拭いながら、なつめは少し強張《こわば》った声で答えた。


仕舞屋の居間には、露寒軒と富吉、それに久兵衛、おまさ、なつめの五人が顔をそろえた。露寒軒と富吉が横に並んで座り、二人に向き合うように照月堂の面々が座っている。

「まず、条次郎がどうしたのかということじゃが――」

露寒軒が口を開くと、皆がその口もとに目を向けた。その時、それまでうつむいていた富吉が露寒軒を見上げるようにした。

「わしの口から申してもよいが……」

露寒軒の言葉に、富吉の顔がくしゃっとゆがんだ。今にも泣き出しそうな顔であったが、富吉はぶんぶんと首を横に振る。それから、久兵衛たちのいる方へ顔を向けた。その眼差しは落ち着かなげにさまよっていたが、最後におまさの面上で止まった。

「富吉ちゃん、お話しできる？　無理しないでもいいのよ」

富吉の眼差しを受け止め、おまさがいたわるような声をかけた。

富吉が口を開けると、ひゅっと風の鳴るような音が聞こえた。その声は言葉にならず、赤みの失《う》せた小さな唇がわなわなと震えている。やはり富吉の口から語らせるのは無理だと思ったのか、露寒軒が改めて口を開こうとした時であった。

「父ちゃんは死んじゃったんだ」

富吉の口からほとばしるような叫びが上がった。続けて、うわあんという泣き声が漏れる。なつめは思わず腰を浮かしかけたが、いち早くおまさが富吉の傍らへ身を寄せていた。

富吉の震える肩におまさの手がかけられると、富吉はすぐさまおまさにすがりつき、いっそう声を放って泣き出した。

「つらかったでしょうね。大変な思いをしてきたのね」

おまさが富吉の背を静かに撫《な》ぜ続け、富吉は泣き続けた。

（粂次郎さんが亡くなった⁉）

聞いた直後は、富吉の様子が気がかりで、内容を受け止めることができなかったが、富吉が泣き続ける間に、ようやくその事実がなつめの胸に落ちてきた。

そうはいっても、長旅を厭《いと》うこともなく、健やかだった粂次郎が亡くなるなんてにわかには信じがたい。

（富吉ちゃん、まだこんなに小さいのに……）

泣き声が少しずつか細くなっていく富吉を見つめながら、なつめの胸は痛ましさにつぶれそうになった。

もとより父と二人暮らしと聞いている。行商にまで連れ歩くほど仲のよかった父子だというのに。亡くなった粂次郎は、まだ六つの富吉の今後をどれほど案じていただろうか。

（もう二度と、粂次郎さんには会えない）

なつめ自身、粂次郎に会って兄のことを訊きたいと思っていた。あなたが私の前に姿を現したのは兄に頼まれてのことだったのですかと、尋ねたかった。

（どうして、こんなことに……）

なつめは、腕組みをして目を閉じている露寒軒に目を向けた。

富吉が泣いている間、露寒軒はずっと口をつぐんでいた。

その場に、富吉の泣きじゃくる声だけが流れるひと時が過ぎていき、やがて、それが途切れ途切れになった時、露寒軒は腕組みをほどいた。

「後のことは、わしから話そう」

露寒軒の憂いを帯びた低い声に、久兵衛となつめはそれぞれうなずく。おまさはなおも富吉の背を撫ぜながら、目を富吉から動かそうとはしなかった。

「まずは、富吉がどうやってわしのもとへ現れたかであるが、それまで住んでいた村の医者が連れてまいった。今わの際《きわ》の粂次郎から、そうしてほしいと頼まれたそうじゃ」

露寒軒の眼差しは一度だけなつめに注がれ、すぐに離れてしまった。だが、

（医者――）

その言葉はなつめの胸に鋭く刺さっていた。その医者というのは兄慶一郎なのだろうか。

露寒軒は医者について、年齢も名前も語ることなく、先へ続けた。

「その医者は、富吉を照月堂へ連れて行ってほしいとわしに頼み、富吉を置いて行ってしもうた。もはやわしのもとにはおらぬ」

「医者の先生が連れて来たということは、粂次郎さんは病死だったんですか」

久兵衛が尋ねる。

「うむ。病状についてのくわしい話は聞いておらぬが、今年の夏の終わり頃、行商から村へ戻ってすぐ病に倒れたらしい。どうやら旅先でも胸の苦しくなることがあったらしいが、高をくくっておったのが災いしたのじゃな。帰り着くなりあっという間に悪化し、手当ての甲斐《かい》もなく、秋の半ば頃に亡くなったと聞いておる」

粂次郎たちが来ないと照月堂の人々が言い合っていた頃にはもう、粂次郎は他界していたということになる。

「さて、ここからが大事な話じゃ。その医者によれば、富吉はこの照月堂で菓子を作る仕事をしたいと言うており、粂次郎もいずれは倅《せがれ》を照月堂へ修業に出そうと考えていたらしい。ただ、こうなってはもう、自分は富吉を江戸へ連れて行ってやれぬからと言って、医者に富吉のことを託したのだそうじゃ」

「……そういうことでしたか」

久兵衛が唸《うな》るように呟《つぶや》いた。

「急な話で驚いていよう。すぐに返事を聞こうとは思わぬが、故人と富吉の願いを踏まえ、主人とおかみにはよく考えてもらいたい。無論、それまではわしのところで、富吉を預かろう。その結果、こちらで富吉を引き取れぬということになれば……」

「いえ、その先のお話は無用に願います」

と、その時、露寒軒の言葉を久兵衛が遮《さえぎ》った。

「富吉はうちで預からせてもらいますんで」

一筋の迷いも持たぬ物言いだった。おまさに相談することはおろか、夫婦で目を合わせることさえしなかった。

「何と、まことによいのか」

少し驚いた様子で、露寒軒が久兵衛とおまさを交互に見る。

「はい。もとより、うちの方でも、富吉を預からせてもらいたいと思ってたくらいで」

「何と、すでに粂次郎とそういう話になっていたのか」

「いえ、粂次郎さんとその話をしたことはありません。うちの方から申し出ようと思ってた矢先、すれ違っちまいまして」

久兵衛の意思の固いことを確かめた後、露寒軒はおまさに目を据えた。

「おかみもよいのか。もとよりそういう考えであったとはいえ、年端《としは》のゆかぬ者を預かるのはたやすいことではあるまい」

「大丈夫でございます」

　おまさはしっかりと顔を上げ、夫と同じ答えを口にした。

「前に預からせてもらった時からもう、富吉ちゃんはうちの子も同じですから」

　露寒軒はおもむろにうなずいてから、おまさの膝に身を預けている富吉の顔をのぞき込んだ。

「富吉よ。照月堂の主人とおかみの言葉を今、聞いたであろう。改めて尋ねるが、おぬしもそれでよいのじゃな」

　富吉はもぞもぞと身を起こした。涙でぐしょぐしょになった顔を手でこすろうとするのを、おまさが優しく止め、取り出した手拭いで丁寧にその顔を拭う。

「はい。おいらは菓子を作れるようになりたいです」

　富吉は懸命に言った。その後、再び泣き出しそうになるのをこらえるかのように、下唇を噛《か》み締めたが、その場で久兵衛とおまさに頭を下げると、

「よろしくお願いします」

　と、言った。

「富吉ちゃんは立派に挨拶ができるのねえ」

　感心した声でおまさが言い、さっき富吉の顔を拭いてやった手拭いで、今度は自分の目もとを拭っている。

「富吉」

久兵衛が頭を下げたままでいる富吉に声をかけ、顔を上げるようにと言った。

「修業の道は決して甘くはねえと初めに言っておく。父親を亡くしたお前を気の毒には思うが、だからといって、甘やかす理由にはならねえ。つらくて逃げ出したくなることもあるかもしれん。それでも歯を食いしばって修業を続ければ、一人前の職人になれることは俺が約束してやる」

「はい」

久兵衛の厳しさのこもった励ましの言葉に、富吉はそこにすべての力を注ぎ込んだような声で答えた。

「ならば決まりじゃ」

露寒軒が話をまとめた。

「富吉のこと、そなたらに任せてよいのじゃな」

最後に問うた露寒軒の言葉に、久兵衛とおまさは力のこもったうなずきを返した。

三

富吉を少し休ませたいというので、おまさが富吉と共に別室へ引き取ってから、露寒軒は改めて久兵衛に向き直った。

「なつめに別のお話があるとのことでしたが、俺は失礼しますんで、よろしければこのままこちらで」

露寒軒が切り出す前に、久兵衛がそう言った。

「うむ。そうさせてもらえるとありがたい。じゃが、その前に主人にも頼みたいことがある」

露寒軒はうなずいた後、

「実は、富吉を連れてまいった医者のことじゃが」

と、久兵衛に目を向けたまま続けた。なつめは胸の鼓動が速まるのを感じたが、懸命に平静を装った。

「江戸での用事を済ませた後、またわしのところへ立ち寄ることになっておる。その折にこの店の菓子を持たせてやりたい。それゆえ、五日の後に菓子を届けてもらいたいのだが、その役目、なつめに頼みたいのじゃ」

「かしこまりました。そのようにいたします」

久兵衛は迷うことなくすぐに答えた。

「なつめは職人ゆえ、本来であれば客への届け物などはせぬのであろう。されど、その医者はわしや了然尼とも縁のある者ゆえ、なつめと引き合わせてやりたいのじゃ」

「ご懸念には及びません。当日はなつめを行かせます。菓子は何がよろしいでしょうか」

医者が露寒軒たちの知己であることを不審に思う様子もなく、久兵衛は話を先に進めた。

「菓子は主人となつめに任せよう。七つ時に頼む」

「分かりました。では、こちらでお話をお続けください」

久兵衛はそう言って、立ち上がった。

「かたじけない。話はすぐに済む」

露寒軒が去り際の久兵衛に告げる。なつめも慌てて付け足した。

「お話が終わり次第、厨房へ戻りますので」

「ああ。だが、その前にちょいと富吉の様子を見てやってくれ。どんなふうだったか、俺にも知らせてほしい」

久兵衛の言葉に、なつめは分かりましたと答えた。

「主人といい、おかみといい、思いやりの深い者たちよ」

久兵衛が姿を消してから、露寒軒が感に堪《た》えないといった様子で呟く。本当にそうだと思いながら、なつめは心の底からうなずいた。

「して、そなたへの話とはもう察しがついていると思うが」

露寒軒は表情を改め、なつめに目を据えて切り出した。なつめは緊張した面持ちで「はい」と応じる。

「兄上……だったのでございますね」

なつめが思い切って尋ねると、露寒軒はおもむろにうなずいた。

「さよう。富吉をわしのもとへ連れて来た医者とは、慶一郎であった」

ずっと疑問に思っていたことが、この言葉で確かなものとなる。なつめは何と応じればよいか分からず、表情を強張らせたまま無言を通した。

露寒軒は少し痛ましげな眼差しを向けたが、すぐにそれを消し去ると、淡々とした調子で先を続ける。

「先ほど、わしが語ったのはおおむねありのままじゃ。粂次郎が生前、慶一郎に富吉を託したのも、慶一郎がすでにわしのもとにはおらぬことも」

なつめは黙ったままうなずいた。

「慶一郎が自ら富吉を照月堂へ連れて来られなかった理由は分かるな」

「私がここにいるからでございますね」

「さよう」

あいまいな物言いや柔らかく包み込んだ言葉ではなかった。だが、却《かえ》ってその方がなつめも救われる。

(兄上は私に会うのを避けておられる)

自分がどうしたいかは分からなかったが、少なくともそのことは認めなければならない。

「慶一郎がそなたに会わずに去ると申した時、わしは引き止めなかった。されど、そなたが兄に会いたがっていること、九年前は幼かったそなたも情理を解せる齢《よわい》に達したことを、慶一郎に伝えた。その上で、そなたに機会をやるべきではないか、ともな」

露寒軒の心遣いに対して、すぐさま礼を述べる余裕はなかった。

「先ほどは主人の手前、慶一郎がわしのところへ寄ると申したが、あれだけは偽りじゃ」

それならば、慶一郎と会うことはできないのか。と思った時、

「五日後の七つ時、慶一郎は日本橋にいる。わしの前で約束したゆえ、慶一郎がそれを違《たが》えることはないであろう」

と、露寒軒の言葉が続けられた。

「慶一郎に会いたいという気持ちが変わらぬのなら、会いに行くがよい。無論、行くも行かぬもそなたが決めることであり、行かずともかまわぬ。慶一郎は待ちぼうけを食らったとて、そなたを恨むことはせぬ」

話はこれで終わりじゃと、露寒軒は締めくくった。

その後、帰るという露寒軒を玄関まで見送ったが、その時もなつめの心はまだ惑いの中にあった。

「会うか会うまいか、そなたに決めさせたのは酷であったかな」

戸口を出たところで、露寒軒は振り返ると、なつめに尋ねた。

「いえ」

なつめは慌てて首を横に振った。そして、自分を見つめる露寒軒の眼差しに、深いいたわりがこもっていることに気づき、我に返った。

「まだ心は決めかねておりますが、おじさまのお心遣いには深く感謝しております」

「礼には及ばぬ。わしにしてやれるのはここまでじゃ」

露寒軒は優しく言い、それから思い出したように付け足した。

「ああ、菓子云々《うんぬん》はそなたが店を出る理由をもっともらしくするため、わしが付け加えたことじゃ」

どうするかは任せると言って、露寒軒は去って行った。

その姿が枝折戸《しおりど》の向こうへ消えてしまうと、露寒軒が現れてから見聞きした多くのことが頭の中にあふれ返って、今自分が何をすればいいか分からなくなる。

（まずは、富吉ちゃんの様子を見に行くことから）

久兵衛に言われたことを思い出して、なつめは踵《きびす》を返した。ひとまず、兄のことは脇へ置こう。五日間の猶予もあるのだから、その間にじっくり考えればいい。

（富吉ちゃん、まだあんなに小さいのに）

なつめが両親を亡くした時より、今の富吉の方がもっと幼い。同じような境遇の者として、力になれることがあれば、と思う。

なつめは足早に、おまさと富吉のいる部屋へ向かった。


台所に近い小さな部屋に、二人はいた。

富吉はもう泣いておらず、おまさと膝を突き合わせるようにして座っている。その手は小さな皿を持ち、もう片方の手は黒文字《くろもじ》をつまんでいた。小皿には食べかけの羊羹《ようかん》がのせられており、どうやら富吉は菓子を供され、ずいぶん落ち着きを取り戻した様子であった。

「ああ、なつめさん。戸田さまはもうお帰りになられたの？」

おまさに訊かれ、なつめは「はい」と答えた。富吉の様子に安心して、厨房へ戻ろうとすると、そのなつめをおまさが呼び止めた。

「子供たちを二階から呼んできて、富吉ちゃんと会わせようと思うの。その前に、あたしから子供たちにちょっと言って聞かせたいから、その間、富吉ちゃんを居間に連れて行って、一緒にいてもらえるかしら」

「分かりました」

富吉が今、どういう状況であるのか、事前に郁太郎と亀次郎に知らせておくのだろう。おまさの意図を察し、なつめはその場に残った。

富吉が羊羹を食べ終わるのを見守り、その皿を片付けると、なつめは富吉を連れて居間へ移った。「座って」と促すと、言われた通りぺたんと座ったが、その表情は心もとない。

「富吉ちゃん」

なつめは富吉の傍らに座り、優しく声をかけた。

「照月堂では、皆が富吉ちゃんを待っていたのよ」

「うん」

富吉はなつめに目を向け、少しはにかむようにうなずいた。小さな声で元気はないが、嬉しそうには見える。

「富吉ちゃんはお菓子が好きなのよね」

「うん。甘くておいしい」

「旦那さんは本当にいろんなお菓子をお作りになるの。富吉ちゃんがまだ知らないお菓子もいっぱいあるわ」

「うん」

先ほどよりは力のこもった声で、富吉は返事をした。

「たとえば、十月の初めにはね」

なつめが亥《い》の子《こ》餅の話をしようとした時、階段の方から足音が聞こえてきた。

「あ、お兄ちゃんと亀次郎ちゃんだ」

富吉の口から、それまでにない明るい声が漏れた。その直後、慌ただしい廊下を走る足音に続けて、戸が勢いよく開かれる。

「富吉」

初めに入ってきた郁太郎が大きな声で呼びかける。続けて入ってきた亀次郎も、

「富吉ちゃんだあ」

と、兄に負けぬくらいの声を張り上げた。

「会いたかったあ」

三人は吸い寄せられるように一つになった。互いに広げた腕を背中に回し、笑顔をこぼしている。

富吉の顔にもまた、ここへ来て初めての笑みが浮かんでいた。決して無理をしているわ

けではない、ありのままの喜びを浮かび上がらせた笑みが——。

「これからは一緒にいられるんだね」

粂次郎のことには触れず、郁太郎が優しい声で言った。

「う……ん」

己の境遇の変化にまだ実感が湧かないのだろう、富吉は少し躊躇《ためら》いがちの口ぶりになる。

「おいらも亀次郎もお父つぁんみたいに、菓子を作れるようになりたいんだ。富吉もそうなんだよね」

「うん」

今度ははっきりと、富吉は言った。

「じゃあ、三人で一緒にがんばろう」

「三人で……?」

富吉が郁太郎と亀次郎を交互に見やりながら呟く。

「そうだよ」

亀次郎が大きな声で言った。

「おいらたちはずうっと一緒だ」

郁太郎の声に、亀次郎と富吉が思い思いにうんとうなずいた。

(富吉ちゃんには、旦那さんやおかみさん、それに坊ちゃんたちがいてくれる)

この一家に見守られ、この家で暮らすうちに、富吉は少しずつ元気を取り戻していけるだろう。

（私に、了然尼さまがいてくださったように）

　富吉の笑顔を浮かべる回数がどんどん増えていきますようにと願いながら、なつめはそっと部屋を出て行った。

四

　露寒軒が照月堂を訪ねてから五日の後、昼の七つより少し早い頃、旅姿の若い男が一人日本橋の東側の袂《たもと》にいた。

　菅笠《すげがさ》をかぶったその奥の表情は決して明るくない。

　男――慶一郎は菅笠を少し上げ、周囲の人々の顔をじっくりと見回していった。ゆっくりと時をかけて、一人一人の顔を確かめていき、その中に目当ての顔がないことを認めると、一つ大きな息を漏らした。

（なつめ……）

　正直なところ、成長した妹の顔をうまく思い描くことはできない。慶一郎の思い出の中で、妹はまだ幼いままだった。亡き母に似て色の白い小顔の少女――。目鼻立ちも優しげで柔和な母に似ていると、当時から言われていた。

（なつめは私のことが一目で分かるだろうか）

それも心もとないが、別れた当時、十代後半だった自分の見た目は妹ほど変わっているまい。

(だが、もはやあの頃の私とは違う)

当時の溌剌《はつらつ》とした明るさも、生き生きとした若さも、すでに自分にはない。二十代半ばにして、人生のすべてを失ったような暗い顔つきの男を、妹は自分の兄だと分かるのだろうか。

互いにすれ違ってしまったら、と懸念を口にした慶一郎に、心配は要《い》らぬと露寒軒は言った。

――了然尼殿によれば、なつめは亡き母君にとみに似てきているようじゃ。そなたが母君の顔を忘れておらぬ限り、見つけ出せるに相違あるまい。

もちろん、母の顔を忘れるはずがない。

だが、一方で、母に似た妹を見るのは、慶一郎にとってつらくないわけではなかった。自ら死に至らせたも同然の母に似た顔を間近に見るのは――。

――いつまでも、逃げることはそなたには許されぬ。逃げてよいのはなつめだけじゃ。

露寒軒は慶一郎にそう言った。

その言葉には逆らいようがなかった。確かに、会う会わぬを決める権限など自分にはない。それを決めるのは妹だ。ただ理不尽にすべてを奪われた妹だけは、罪深い兄を詰《なじ》ることも、つらい過去に目をつぶって逃げ出すことも許される。

（詰ってくれてもよい。逃げ出してくれてもかまわぬ）

どちらにしても、自分は妹の出した答えを受け止めるしかないのだ。それが、どれほどつらくとも――。たとえただ一人の妹から縁を切られることになるのだとしても。

慶一郎は菅笠をさらに目深にかぶり直すと、その下で静かに目を閉ざした。


慶一郎となつめは十歳も年の離れた兄妹だった。

慶一郎が十七歳、なつめが七つの時、離れ離れになったから、共に過ごした期間は決して長くはない。

また、慶一郎は十五歳になった年の一年間を、江戸に遊学して過ごした。だから、なつめが慶一郎のことで、覚えている思い出はそれほど多くあるまい。

それでも、あの出来事は覚えているだろうか。慶一郎が遊学から京へ戻った時のことだから、なつめは六つになっていたはずである。

母となつめと共に、鴨川の河原へ出かけたことがあった。

季節は春のことで、水鳥の親子が列を作って浮いていた。褐色に白の混じった親鳥を先頭に、続く雛鳥《ひなどり》たちはぜんぶで十羽。

こちらは親のように長い首を持たず、胴体に真ん丸の頭がくっつき、その先端に黒いくちばしがついている。黄色くてふわふわした羽毛は柔らかそうだった。

「雁《かり》の子《こ》どすな。愛おしいこと」

母が目を細めて、水鳥たちを眺めながら呟いた。

「かりのこ?」

訊き返したのは幼い妹であった。

「あれは鴨《かも》やないの?」

前に父上から教えてもらったと、なつめは言った。雁はもっと大きなはずだ、と——。

「まあ」

母はおっとりと言って、小首をかしげた。幼い娘がそんな知識を持っていたことに感心しているふうにも、私は目の前の鳥が雁なのか鴨なのか分からないわと言っているふうにも見えた。

どちらにせよ、母がなつめにくわしい説明をする気配は見受けられなかったので、慶一郎が代わって口を開いた。

「確かにあの水鳥は鴨だよ」

「やっぱり」

なつめは得意げに言って、大きくうなずいた。

「だが、母上のおっしゃる『雁の子』とそなたの思う『雁』は違うのだ」

「何で? 雁の雛鳥のことやないの?」

「『雁の子』という言葉は、昔の和歌の中でも使われている。そこでは、雁も鴨もすべてひっくるめ、慈しみをこめて水鳥の雛を呼ぶ時、『雁の子』というのだよ」

「ふう……ん」

なつめは一応うなずいたものの、本当に分かったのかどうかは怪しいものだと、慶一郎は思っていた。しばらく水鳥の親子を見つめていたなつめは、ややあってから、

「和歌ってなあに？」

と、問いかけてきた。案の定だと思いながら、再び口を開きかけると、今度は母の方が先に口を開いた。

「五、七、五、七、七の数に合わせて作った歌のことや。なつめも知ってますやろ。『水の面に照る月なみをかぞふれば今宵ぞ秋の最中なりける』という歌を」

「〈最中の月〉の歌や」

なつめは大好きな菓子の名を口にして、笑みを浮かべた。

「『雁の子』を詠《よ》んだ歌はこういうのがあります」

そう言って、母はまた新たな一首を口ずさんだ。


塒《とくら》立て飼ひし雁の子巣立ちなば　檀《まゆみ》の岡に飛び帰り来《こ》ね

塒《ねぐら》を作って飼ってきた雁の雛よ、巣立って行ったならば檀の岡にまた飛び帰って来なさいよ——という意味の歌だと、母はなつめに説明した。その説明が分かったのかどうか、

「ほな、〈雁の子〉っていうお菓子もあるの？」

と、なつめは母に問いかけた。

なつめがこれまでに知っていた歌といえば、例の最中の月の歌のみのはず。その歌にまつわる菓子があることから、「歌には必ずそれにまつわる菓子がある」と、勘違いしてしまったようであった。

それは違うと言いかけた慶一郎を、母の柔らかな眼差しが静かに制した。

「そうどすなあ。母はまだ食べたことも見たこともありまへんが、そないな名のお菓子がどこかにあるかもしれまへんなあ」

「食べてみたいなあ」

なつめが夢見るように呟いた。

「あそこにおる雁の子みたいな形してるんかなあ」

なつめの小さな指が鴨川にゆったりと浮いている水鳥たちに向けられている。

「そうかもしれへんなあ」

母が水鳥の親子の列に目を向けながら、はんなりと言った。

慶一郎もまた、水鳥たちを見つめ、それからそっと目を母と妹の方へ向けた。

優しく穏やかな母、年の離れたあの雛鳥のように幼くかわいらしい妹。そうした大切なものが、それからわずかの後に失われてしまうことになるとは、夢にも思わぬ頃の出来事であった。

（今の季節ならば、江戸でも鴨が見られるだろうな）

　ぼんやりと、慶一郎は考えた。江戸には一年間暮らし、その後、足を踏み入れていない。実に約十年ぶりの江戸であった。

　過去の思い出が遠のいていくと、日本橋の雑踏の物音が急に耳に流れ込んできた。この賑《にぎ》わいでは鳥が羽を休める場所とてないが、隅田川《すみだがわ》あたりへ行けば鴨も見られるだろう。もっとも、親子の水鳥が見られる季節にはまだ間がある。

　そういえば、昔、京で見た雛鳥は無事に成長し、きちんと独り立ちできたのだろうか。慶一郎はふとそんなことを思った。

　雛鳥は独り立ちするまでは、親鳥がいないと生きていけない。

　まだ幼かったなつめから親を奪ったのは自分だ——ということが、改めて慶一郎の胸を激しく苛《さいな》んだ。

　どうして、あの水鳥を思い出したりしたのだろう。これまですっかり忘れていたというのに。

（いや、私はずっと避けてきたのだ。正面からなつめに向き合うことを恐れていた）

　もはや合わせる顔がないと思い、兄と名乗ることもできぬと思っていた。それでも、妹が無事でいるのかどうかだけが気がかりで、薬売りの粂次郎に頼み、その様子を知らせてもらっていた。

（それで、私は何かをしたつもりになっていたのか）

なつめが困った時には助けてやりたいと思ってはいたが、結局何もしていない。ただ条次郎に骨を折らせただけで、自分は妹が無事に暮らしている話を聞き、胸を撫で下ろしていただけだ。

そんなことで、罪が許されるはずはないというのに。

(なつめは今、私の犯した罪を知っているのだろうか)

そのことを考えると、胸の底が冷たくなる。

露寒軒に尋ねることはできなかった。自分の罪——田丸家の妻女に恋をし、その人の心を乱し、父を激怒させ、母を苦しめたその罪のことは——。

京に暮らす者であれば、噂《うわさ》なりと耳に入っていたかもしれない。なつめを引き取った了然尼は、あの折、京へ足を運んだそうだから、その時耳にした恐れもある。その了然尼から露寒軒に話が伝わっているとも考えられたが、慶一郎は自分から話を持ち出すことはできなかった。

露寒軒も何一つただすことなく、よって、なつめがそれを知っているのかどうかについても語らなかった。

なつめが何も知らないならば、ただ兄に会いたいという一心で、今日ここへ来るかもしれない。しかし、自らの罪について打ち明けず、ただ再会を喜び合うような卑怯《ひきょう》な真似《まね》はとてもできなかった。

もしもなつめがその一端でも耳にしていたならば——。

（ここへは来ないかもしれぬ）

慶一郎は目を閉じてそう思った。うるさいくらいだった物音や人声がふっと聞こえなくなった。

（私はどうなることを望んでいるのだろう）

なつめが来ることか、来ないことか。

いや、それを云々することは自分には許されない。どんな結末であれ、妹が選んだ形を自分は受け容《い》れるしかないのだ。

そう思った時、七つを告げる鐘が鳴り出した。

慶一郎は我知らず息を止め、うつむいていた顔を上げた。深くかぶっていた菅笠を傾けると、ここへ来た時と同じように、一人一人周りの人々の顔を確かめ始めた。

五

同じ日の八つ半（午後三時）頃、照月堂の厨房では久兵衛がなつめに、もう後のことはいいからすぐに行くようにと勧めていた。

「いいえ、戸田のおじさまのお宅はさほど遠くありませんから」

本当は日本橋へ行かねばならないので、遠くないわけでもないのだが、なつめはそう答え、すぐに行こうとはしなかった。

「望月のうさぎだけで、本当にいいんだな」

なつめが届ける菓子として、すでに望月のうさぎが包んである。

これは、慶一郎との約束の時刻、なつめが自然な形で店を出られるようにと、露寒軒が注文してくれたものであった。慶一郎に会うのであれば、このまま渡せばいい。

（でも、兄上に会うかどうか、私はまだ――）

火事が起こる前、兄が抱えていた苦悩については理解したが、分からないことは他にもある。火事が起こった原因、父母が死んで自分と兄だけが助かったのはなぜなのか。そして兄は、なぜ姿を消したのか。

兄が不義の噂を立てられ、父がそれを咎《とが》めたのは確かだろう。密通の事実があろうがなかろうが、相手の武家夫婦の仲が壊れかけ、悶着《もんちゃく》が起こっていると知った父は、どんな謝罪を考えただろうか。頑固で一徹者の父にしてみれば、兄が妻敵討《めがたきうち》にされないのなら、自ら始末をつけようと思い詰めたかもしれない。あるいは、自らの命と家名を犠牲にして、償おうと考えたか。

そこで何らかの悶着となり、結果として父母が命を落とし、兄だけが助かった。もしくは、最後の最後で、父は我が子の命を奪うことができなかったのかもしれない。

（でも、それが分かったからといって、今さら――）

あれやこれやの物思いに沈んでしまっていたなつめは、

「おい、なつめ。聞いていたのか」

という久兵衛の言葉で我に返った。

厨房で仕事以外のことを考えてしまうとは――。冷や汗が出そうになったが、久兵衛は咎めようともせず、

「望月のうさぎだけでいいんだなって話だ」

と、くり返し確認しただけであった。

「はい、けっこうでございます」

なつめは慌てて答えた。

「そういや望月のうさぎは、初めて富吉に出した菓子だったな」

なつめの様子に不審を抱かなかったはずはないのだが、それについては何も訊かず、久兵衛はつと思い出したふうに言う。

「はい。そうでした」

なつめも兄のことから考えをそらし、富吉のことを思い浮かべた。

照月堂で暮らすようになってからの富吉は、ひとまず兄弟と同じように寺子屋へ通わせるのがいいだろうと、二日前から佐和先生のもとへ通い出している。昼過ぎに帰って来てからは、子供たち三人で寺子屋のおさらいをしたり、遊んだりしているようで、少なくともそういう時は笑顔も見せるようになっている。それでも、ぼんやりしていたり、急に無口になったりすることもあって、おまさもなつめも胸を痛めていた。

「望月のうさぎは子供も喜ぶ菓子だ。〈子たい焼き〉も喜んでいたな」

「はい。どちらも富吉ちゃんのお気に入りですね」

「ああいう菓子が他にもあったかな」

久兵衛の言葉に、なつめは照月堂で出している菓子を次々に思い浮かべた。子供が喜びそうな、かわいい形をした菓子といえば——。

「〈亥の子餅〉もそうかもしれません」

「そうだな。亥の子の日は終わっちまったが……」

と、言葉を返した久兵衛はふと思いついたという様子で、言葉を継いだ。

「お前に冬の菓子を考えろって言ったが、あれとは別に、子供が喜びそうな菓子も何か思いついたら言ってくれないか」

「はい。富吉ちゃんを元気づけられるようなお菓子ですね」

明るい声で返した時、ふっと何かがなつめの脳裡《のうり》をよぎっていった。記憶の底に眠っている思い出の一つに、幼い頃の自分がかわいいと思っていたものが何かあったような——。

しかし、それがなつめの中で確かな像を結ぶ前に、

「さあ、ぐずぐずせ《せ》ずにもう行け。お客さまをお待たせしちゃならねえ」

と、久兵衛にまた急かされた。

「は、はい」

さすがにこれ以上、足ぶみしているわけにもいかない。

「それでは、行ってまいります」

なつめは望月のうさぎの包みを手にすると、久兵衛に頭を下げた。

「おう。今日はそのまま帰っていいからな」

久兵衛の言葉にうなずき、厨房を出る。二、三歩進んだところで、冷たい風が頰《ほお》に吹き付けてきた。思わず足を止めて身をすくめる。一瞬厨房を振り返りたくなったが、なつめは小さく首を横に振り、ゆっくりと歩き出した。


八つ半を過ぎた頃の空はまだ明るい。駒込から日本橋まで、急ぎ足であれば半刻（約一時間）くらいで行き着くだろう。

日の当たる道を歩いている時は寒さを感じることはなかったが、それでも少しすると、風が冷たくなったように感じられた。

（まだそんな頃合いでもないはずなのに……）

ふと目をやれば、辻《つじ》に落ちた影は色濃く、日の当たった垣根の山茶花《さざんか》はどことなく精彩を欠いて見えた。まだ七つにもなっていないのだから、日暮れには間があるはずなのに、日の光はもう弱まっている。

その時、強い風が吹きつけてきて、なつめは着物の前を手で押さえ、足を止めた。

「さぶーい」

幼い子供の、どこか甘えたような声が聞こえる。振り返ると、兄と妹なのか、年上の少年が少女の手を引く姿が目に入ってきた。

「あーあ。お花散っちゃった」

少女が垣根の下に散った赤い花びらに、手を伸ばそうとしていた。

「椿《つばき》だな」

足を止め、垣根の赤い花に目を向けた少年が言う。

「つばき？」

少女はかがみ込んで花びらを拾おうとするのだが、左手を少年につかまれているので、右手が花に届かない。なつめは散った花びらを拾い上げると、少女の前に差し出した。

「これは、椿じゃなくて山茶花というのよ」

少女は「ありがとう」と言いながら、笑顔で花びらを受け取った後、

「兄ちゃん、山茶花っていうんだって」

と、少年に向かって言った。

「そうなんだ」

兄の方は素直に言って、なつめに目を向け「ありがとうございます」と礼を言った。その後、

「前に、椿って教えてもらったんだけどな」

と首をかしげているので、

「椿と山茶花はとてもよく似ているの。でも、散り方が違うのよ」

なつめは微笑《ほほえ》みながら兄妹に告げた。

「ほら、この花は花びらが一枚一枚落ちているでしょう？　それが山茶花。椿は花ごと付け根から落ちてしまうの」

「あっ、そうだった。椿の花は首から落ちるんで、何だかちょっと怖いっておっ母さんが言ってたんだ」

兄の方が思い出した様子で言う。

「そうねえ。怖いとか縁起が悪いって言うお人もいるけれど、お花自体はとてもきれいだし、椿を好きだって言う人も多いわ」

そう口を添えたなつめを、少女はじっと見つめ、「お姉ちゃんも好き？」と訊いた。

「そうね。私は椿も山茶花も大好きよ」

なつめが笑顔で言葉を返すと、少女もにっこりと笑い返した。

「あたしも好き」

少女はそう言い、兄に手を引かれ去って行った。花びらをつまんだ手を振っている姿を、なつめはその場で見送った。

兄と妹の仲のよい姿に引きつけられた。いつまでも見つめていたくなる、愛おしい姿であった。

（そういえば……）

あの兄と妹のようなやり取りを、自分も兄としたことがなかったか。昔、椿の木が京で暮らしていた屋敷に植えられていたことも思い出した。

庭にあったのは、赤い椿の花だった。花が咲いている時は圧巻だったが、見頃も終わりになると、付け根から落ちた花が庭に散らばっていて、不思議な気がしたものだった。花の命が終わったというより、まるで人の手でもがれて捨てられたように思えたからだ。見苦しくて不吉だから——と言って、奉公人たちの手ですぐに片付けられてしまうことが多かったが。

——私は椿の潔さが好きだ。

唐突に、ある声がなつめの耳によみがえった。

かつてそう言ったのは慶一郎であった。

兄の面影もくっきりと浮かんできた。口に出して言うように、自らも潔く、白黒はっきりつけるのが好きな人だった。そして、そういうところは亡き父によく似ていた。

(兄上)

はっと我に返る。

兄に会うために日本橋へ向かっていたのではなかったか。早足で歩いて七つに間に合うかどうかという頃合いであったというのに、どうして自分はこんなところで立ち止まっているのだろう。

(兄上にお会いすることへの迷いがあったからだわ……)

会うと決めて出て来たはずなのに、足は動かしていても急ごうとしなかった。いや、むしろゆっくり歩いてさえいたかもしれない。

（早く日本橋へ行かなければ――）

心を叱咤《しった》して足を踏み出して間もなく。

ごおーん。

胸に深く響くような時の鐘が鳴り出した。

（これは、七つの鐘）

ここはどこだったろうと改めて周りを見回すと、染物屋が何軒かまとまって目についた。方角と頃合いからして、神田紺屋町《こんやちょう》の辺りと分かる。

（間に合わなかった……）

その途端、焦りと諦めが同時に生まれた。

約束の時刻を少しくらい過ぎても兄は待っていてくれるのではないか、と思う一方、神田から日本橋まで行く間に兄は帰ってしまうだろう、とも思ってしまう。

冷たい風がますます激しく前から吹き付けてきた。まるで急がねばと焦るなつめの気持ちを吹き飛ばしていこうとするかのように。

それでも何とか歩き続けていくうち、やがて川へ出た。おそらく神田川だろうと思うが、見覚えのない風景だった。

日本橋はどっちだったか。ぼんやりした頭で考えていると、黒々と横たわる川の水に浮いている鳥が日に入ってきた。黒っぽい羽が見えたが、遠すぎて雁か鴨か区別できない。

その瞬間、先ほど、厨房で久兵衛と言葉を交わしていた時に思い出せなかった何かがよみがえった。引っかかってはいたが、意識の底に沈んでしまっていた記憶。

(そう、あれは京の鴨川で……)

あの時に見たのは、鴨の親子だった。その雛鳥を「雁の子」と母が言い、どうして鴨なのに「雁の子」というのか、それを教えてくれたのは兄であった。

特別な思い出というわけでもない。

だが、思い出は光に満ちあふれていた。

もう二度と、あのように何げない仕合せを感じられる時は戻ってこない。仕合せを仕合せと思うこともないほど、優しく穏やかに流れていたあの日々を、なつめはたまらなく愛しく思った。

(兄上! やはりお会いしたい)

その瞬間、なつめは駆け出していた。直後、出くわしたご隠居が驚いたような顔をしている。

「日本橋はどちらでしょうか」

なつめは急いで尋ねた。

「ああ、この川に沿って行けばいい」

ご隠居は日本橋の方を指さして教えてくれた。

「ありがとう存じます」

急いで礼を言い、再び走り出す。気持ちに足が追い付かず、足がもつれそうになる。それでも、懸命に走り続けた。

「気をつけて行きなさいよ」

道を聞いたご隠居の声が背中から追ってくるのへ、ありがとうございますと心の中で礼を言い、さらに走る。駕籠《かご》を見つけたらすぐに乗ろうと思ったが、そういう時に限って見つからない。

途中息が切れてしまい、何度か立ち止まらねばならなかった。胸が激しく上下し、まともに深呼吸できるようになるまで休まねばならない。その暇《いとま》さえ惜しかった。

（兄上、どうか待っていてください）

なつめは再び走り出した。

どうにかこうにか、なつめは日本橋に到着した。日はまだ暮れておらず、六つ（午後六時）の鐘も鳴っていない。だが、約束の七つからすればだいぶ時は経《た》っていた。

なつめは橋の袂で足を止めると、息が整うのも待たず、足を止めている二十代半ばと見える男を探し始めた。記憶に残る兄は十七歳の姿だが、見ればすぐに分かると思う。

（兄上、兄上――）

なつめは場所を移しつつ、男を探したが、それらしい年齢の男で足を止めている者は見当たらなかった。

橋を渡りながら、さらに探すが見つからない。

橋の反対側まで足を運んだ。約束の場所はこちらではなかったが、念のため、西側の袂でも探してみる。再び東側まで戻り、同じことを続けた。日没が近付くにつれ、人の顔もはっきりと見定めがたくなったが、兄の顔を見落とすはずがない。

ほどなくして、六つの鐘が鳴り始めた。

（私がいつまでも心を決めかねていたばかりに……）

露寒軒との約束がある以上、兄が約束を違えたとは思えない。半刻以上も遅れた自分が悪いのだった。

突然、ずっしりと体が重くなったように感じられた。袂も重い。

望月のうさぎを持ってきていたことを、この時になって、なつめは思い出した。走っている時は揺れないよう、袂を手で押さえていたが、日本橋に着いてからは、それを持ってきたこと自体を忘れてしまっていた。

なつめは袂から包みをそっと取り出した。包みは形が崩れてしまっていた。

――なつめも知ってますやろ。「水の面に照る月なみをかぞふれば今宵ぞ秋の最中なりける」という歌を。

京の鴨川で聞いた母の声がよみがえってきた。寂しさに胸が押しつぶされそうな思いがした。

六

その日、日本橋から駕籠を使って大休庵へ戻ったなつめは、何事もなかったように過ごした。兄に会ったならその時は了然尼に話すつもりであったが、会いに行くこと自体、そもそも知らせていない。

露寒軒から話を聞いていたのかいないのか、了然尼がそのことを問うてくることもなかった。

了然尼に心配をかけたくない。だから、できるだけふつうに振る舞わなくては――。そう深く心に刻み、実際に夕餉《ゆうげ》の膳が片付けられる時までは、その通りにできた。だが、その後、お稲が運んでくれた茶を前に、

「少しお話でもしまひょか」

了然尼から温かな声で言われると、心が緩んでしまいそうになる。決して踏み込んでくることなく、それでいて、つかず離れずいつも見守ってくれる優しい眼差しは、なつめが大休庵へ引き取られてからずっと、助けられ支えられてきたものだった。

「今日、水鳥を見たのです」

気づいた時にはなつめの口は動き出していた。

「それで、前に京で見た鴨の親子のことを思い出しました。その時、母上から教えられた『雁の子』の歌のことも」

心にぽかりと空いた穴を悟られまいとするかのように、なつめは懸命にしゃべり続けた。母から教えてもらった歌のこと、雁の子とは雁に限らず水鳥全般の雛鳥を指すと教えられ

たこと。

なつめのおしゃべりを、了然尼はただ黙って聞いていたが、それが一段落すると、ゆっくりと口を開いた。

「埘立て飼ひし雁の子巣立ちなば檀の岡に飛び帰り来ね」

なつめが母から聞いた歌をゆっくり口ずさんだ了然尼は、

「雁の子いうんは、この歌で言う『雛鳥』という意味の他に、もう一つ別の意味があるんどすえ」

と、続けた。

「そうなのですか」

そんな話は、母からも兄からも聞いたことがない。

「『枕草子《まくらのそうし》』では『あてなるもの』として『雁の子』とあります。せやけど、それは雛鳥のことではないのや」

「あてなるもの」とは「上品なもの」という意であるため、ここでかわいらしい雛鳥が挙げられるのは少し不自然だ、となつめも納得する。

「『雁の子』には、水鳥の卵という意味もありますのや」

「卵……でございますか」

卵も上品というより、かわいらしいものではないだろうか。どうもしっくりこない気がする。すると、了然尼は微笑みながら、

「昔は生絹《すずし》の糸で卵をいくつもくくりつけ、人に贈ったそうどす。卵は食べるものでもありましたが、見て楽しむものでもあったんですやろなあ」

と、教えてくれた。

「真っ白な見た目が美しいため、愛《め》でられたのでしょうか」

「そうどすなあ。それに、糸でくくってつなげるのは難しいですやろ。その手わざを見せ合うのも楽しいお遊びやったようどす」

さらに聞けば、『枕草子』では「雁の子」は「うつくしきもの」にも挙げられているという。「うつくしきもの」はかわいらしいものの意であり、なつめは大いに納得した。

「そういえば……」

今日、子供が喜びそうな菓子について、久兵衛と話をしたことを思い出し、そのことも了然尼に話した。

「なつめはんは『雁の子』はどうかと思うてはるんどすな」

「はい。今のお話をお聞きしているうちに……」

「ほな、わたくしとの言葉のやり取りが新しい菓子になるかもしれへんのやな。これは、すばらしいこと」

了然尼はほほっと上品な笑い声を漏らした。

「かわいらしい水鳥の雛の形で、煉り切りなどを作るのもいいと思います。でも、今のお話を伺って、卵の形もいいのかなと思い始めました」

白餡から作る煉り切りの生地は、卵の色合いに似ているから、色付けしないでもそのまま使えそうだ。あとは〈ほおずき灯《とも》し〉で果実の部分に棗《なつめ》を煉り込んだ餡を使ったように、卵の黄身の部分を別の風味に仕立てられれば――。

そういうことを考え始めると、心の空洞が少しずつ埋まっていく気がする。

「そうどすなあ。卵の色や形は人を穏やかで優しい気持ちにさせてくれますさかい」

了然尼が柔らかく微笑みながら言った。何かあったのかとも、元気を出しなさいとも、言うわけではないが、自分にかけられる眼差しと声の優しさから、了然尼の心遣いの深さはひしひしと感じられる。

なつめはそのことを心に刻みながら、そっとうつむいて目を閉じていた。

両親を亡くしたつらさも、兄と離れ離れの寂しさも、もう二度と会えないかもしれない悲しみも、決してなくなるものではないが、別の温もりが埋めてくれることもある。自分は自らの経験からそのことをよく分かっている。

(富吉ちゃんの心も、照月堂の皆さんの温かさで満たされますように)

そう思った時、なつめの心に空いた穴は今またさらに小さくなったような気がした。

翌日、照月堂へ出向いたなつめは、まず仕舞屋へ挨拶に行った折、

「昨日、旦那さんのおっしゃったお菓子のことなのですが」

と、久兵衛に告げた。久兵衛はすぐに察した様子で、

「なら、厨房で聞こう」

と、言う。

そこで、なつめは準備にかかる前に、昔聞いた「雁の子」の意味に加え、昨日了然尼から教えてもらった新しい意味のこともすべて話した。雛鳥の煉り切りと卵の煉り切り、どちらがいいか決めかねているということまで告げると、

「これは、店に出す菓子じゃなく、富吉のための菓子なんだ。両方作りゃいいだろう」

久兵衛はいつにない笑顔を見せて言った。

「両方ですか。それはとても楽しみです」

なつめは自分まで嬉しくなって明るい声を上げた。

「まあ、菓銘は〈雁の子〉で決まりだろうが、雛鳥の形は俺が考えよう。卵の方は、せっかくだからお前が作ってみるか。了然尼さまから教えていただいたのはお前なわけだし」

久兵衛からの提案に驚き、なつめが返事をしかねている間にも、話は続けられる。

「今度、白餡を作る時、多めに作って一部を煉り切りの生地にしよう」

作る時はまた改めて告げると言われ、なつめは期待を胸に「はい」と答えた。

「卵だったら、割った時に何か出てきた方が楽しいだろう。どんなものを入れたらいいか、見つけておくんだな」

と、最後に久兵衛は付け足した。

何がいいだろう。心身ともに不安定な富吉の元気の素になるようなものを見つけたい。

体にもよく、気分が明るくなるようなものがあれば……。

その日、暇ができれば、なつめはこれから作る菓子〈雁の子〉のことを考え続けた。すぐに思いつくのは栗餡《くりあん》で、今の季節なら手に入るものだし、見た目も本物の卵っぽく仕上げられるだろう。

（でも、棗みたいに体にもいい食材があれば……）

なつめはふと、自分が両親を亡くし、大休庵へ引き取られてから立ち直るまでの間、どんなものを供され、どんなものを食べたいと思っていたか、思い出そうとしてみた。

（あの頃はまだ、棗の木は大休庵で育っていなかったし……）

でも、そういえば――となつめは記憶をたどっていく。

（あの頃はいつも梅干しがお膳にのっていた）

そして、京にいた頃の自分はあの酸っぱい味が決して好きではなかったのに、江戸へ来てからはそうでもなくなっていた。むしろ、梅の酸っぱいのをご飯と一緒にいただくと、体にきっと元気が湧いてくるように感じられたものである。そのことを思い出したなつめは、その日の仕事が終わってから、仕舞屋で久兵衛に当時の話をしてみた。

「確かな理由は俺にも分からねえが、疲れてる時に梅干しを食べるといいって話は聞いたことがあるな」

その場にいたおまさが二人の話を聞いていて、口を挟んだ。

「その通りよ。梅干しは一日一粒食べると、体にいいって」

それでは、やはり当時の膳に梅干しが毎日のっていたのは、了然尼の心遣いであり、お稲の気配りだったのだろうと、なつめは思う。

「梅干しが疲れた体にいいというのは、あの酸っぱさに理由があるのでしょうか」

なつめが尋ねると、「そうねえ」とおまさが考え込むような表情を浮かべた。

「あたしは疲れた時、季節が合えば柑子《こうじ》が食べたくなるわねえ」

「前にいただいた蜜柑《みかん》よりずっと酸っぱいですよね」

「そうそう。でも、あの酸っぱさがたまらなく欲しい時があるのよね」

おまさはその味を思い出したように口をすぼめた。

「例の菓子の中に、梅干しか柑子の実を使おうと思ってるのか」

久兵衛がにやっとして尋ねた。

「はい。今のお話を聞いたらなおさら」

なつめが答えると、おまさは「またお菓子の話だったのね」とかすかに笑いながら向こうへ行ってしまった。

「子供は酸っぱいもんはあまり欲しがらないもんだが、甘い菓子の中に少しだけ入ってりゃまた違うだろう」

久兵衛の言葉を受け、なつめはうなずいた。

「食材については心当たりがある。酸っぱさだけじゃなく、風味も大事にしたいからな」

続きは明日しようと久兵衛が告げた。

そして、その翌朝。

久兵衛が厨房でなつめに見せたのは、明るい黄色に輝く柚子《ゆず》の実であった。

「これは、十一月から店に出す〈柚子香《ゆずか》〉で使うんだ」

と、久兵衛は言った。

十一月の下旬に訪れる冬至を見越し、柚子の煉り切りを売り出すという。この菓子は照月堂の見本帖《みほんちょう》にのっており、なつめも名前は知っていたが、これまでは店に出していなかったので、見るのは初めてだった。

「まず、皮を細かく切って一晩水に漬け、実は搾って汁を溜《た》めておくんだ」

今日その下準備をして、明日作ってみようと久兵衛は言った。

皮は一度茹《ゆ》でて柔らかくした後、その湯は捨て、搾った果汁と砂糖で甘く煮つけていく。

それをすりつぶして生地に煉り込み、柚子の形に整えたものが〈柚子香〉であった。

久兵衛はこの柚子を煉り込んだ煉り切りの生地を、〈雁の子〉の卵の中身にすればいいと言う。

十月の最後の日。久兵衛は〈柚子香〉に使う果皮の砂糖煮を作り上げた。厨房には、柚子の爽やかな香りがいっぱいに広がって、この頃何かと疲れていたなつめの心もぱあっと明るくなる。その一部を使い、なつめは〈雁の子・卵〉を作らせてもらうことになった。

この日の菓子作りで使った白餡と果皮を合わせて柚子餡を作り、それを卵の黄身の部分とする。それを白い生地で包んで卵形にすれば、〈雁の子・卵〉の煉り切りだ。

「雛と卵、二つ合わせて出すから、あまり大きすぎないようにな」

大きさを決める前に、久兵衛からそう言われた。

（柚子のこの香りが疲れを癒し、皮には体を温める効用もある）

富吉が少しでも元気と笑顔を取り戻してくれるように。そして、子供たちが健やかであり続けられるように。

その願いをこめて、なつめは〈雁の子・卵〉を作り上げた。

（雁の卵、とってもかわいいわ）

出来上がった菓子は何とも愛おしく感じられる。

「できたら、味見の分の真ん中に包丁を入れてみろ」

久兵衛から言われ、なつめは一つを真ん中で切った。柚子餡の部分がきれいな円形になって現れる。

久兵衛は半分を口に入れ、もう半分をなつめに渡した。なつめもすぐにそれを口に運んだ。その途端、口の中には柚子の香りがふくよかに広がり、気分も和んでくる。卵の白身の部分と黄身の部分を一緒に食べると、甘みと酸っぱさが交わって、完成されたおいしさとなっていた。この時の味を考え抜いて柚子餡の味を調《ととの》えた久兵衛の技に、改めて圧倒される思いがする。

久兵衛の作った〈雁の子・雛〉は、羽とくちばしが褐色、顔が黄色の愛らしい雛鳥の形をしていた。小さな真ん丸の目がついて、今にも泳ぎ出しそうなふうに思える。

これを三つの皿にそれぞれのせ、なつめは仕舞屋へと持って行った。

子供たちは二階にいるというので、呼びに行っている間に、おまさが麦湯を用意してくれるという。子供たちが二階から下りてくる頃には、久兵衛も仕舞屋へ顔を見せた。

「富吉がうちへ来た祝いだ」

皿の上の菓子を見て、うわあと小さな声を上げた富吉の頬は嬉しさで上気している。

「鳥さんだね」

富吉のための菓子だとわきまえているのか、亀次郎がいつもよりずっと落ち着いた声で言う。

「じゃあ、これは鳥さんの卵?」

なつめの拵えた菓子を指さしながら、亀次郎が郁太郎に訊いている。

「うん、そうだね。何の鳥さんだろう。鶏《にわとり》じゃないよね」

郁太郎も首をかしげていた。久兵衛がお前から説明しろという目を向けてきたので、

「このお菓子はどっちも〈雁の子〉というんですよ」

と、なつめは三人に告げた。

「雁というのは水鳥で、昔は鴨や鴛鴦《おしどり》のことも含めて、『雁』と言いました。そういう水鳥の卵のことと雛鳥のことを『雁の子』と言ったんです」

子供たちはなつめの説明を黙って聞いていたが、ややあってから、

「かわいいね」

と、富吉が小さな声で言った。

「鳥さんも卵もどっちもかわいい」

亀次郎が富吉よりずっと大きな声で言う。

「さあ、お前たち、食べてみろ」

久兵衛が言うと、三人はそれぞれ皿にそえられた黒文字を手にして食べ始めた。

申し合わせたように、皆が先に卵の方に黒文字を入れている。

「あっ」

誰の口からか、小さな声が上がった。

「いい香りがしておいしい」

富吉が先ほどよりも大きな声で言う。

「うん」

「そうだね」

亀次郎と郁太郎がそれぞれ富吉の言葉にうなずいた。

(富吉ちゃん、少しでも元気が出たみたいでよかった)

明るくなった富吉の表情を見やりながら、そう思った時であった。突然、富吉の顔がゆがんだかと思うと、あっという間に両目からは涙があふれ出す。

「あらあら」

おまさがさして驚いたふうもなく、富吉の手から皿を受け取り、手拭いを取り出して涙を拭き始めた。富吉はここへ来た時のように、声を上げて泣くことはなく、ただ静かに涙を流し、そのまま静かに泣き止《や》んだ。

「どうした」

と、久兵衛が優しく尋ねる。

「父ちゃんはもう、お菓子を食べられないのに……」

富吉はそう言って、もう泣くまいとするかのように下唇を噛み締めた。それから、

「おいらだけ、こんなにおいしいものを食って仕合せになることが、悪いわけねえ」

「お前がおいしいものを食って仕合せになることが、悪いわけねえ」

久兵衛が富吉の頭に手をのせ、力強い声で言った。

「それが、お前の父ちゃんの仕合せなんだ」

ぐっと歯を食いしばるようにした富吉の目から、再び大粒の涙がこぼれる。だが、おまさが手拭いを差し出す前に、富吉は手の甲でぐいと涙を拭い、その後、涙があふれることはなかった。

「それに、お前がこれからおいしい菓子を作れるようになりゃ、それこそが父ちゃんへの供養になるだろう」

久兵衛の言葉に、富吉は顔を上げ、「はい」と答える。

「なら、まずはこの菓子を食べろ」

久兵衛が言い、富吉は思い出したように皿を手に取った。手が止まっていた郁太郎と亀

次郎も、富吉が食べ始めたのを見ると、安心したように手を動かし出した。卵形の〈雁の子〉は皆の口に納まり、三人はおいしそうに口をもぐもぐと動かしている。

富吉が雛の菓子に取りかかるまでには、ほんの少しの間があった。食べてしまうのがもったいないという様子で、じいっと見つめている。

だが、ややあって意を決したように黒文字を入れると、もう一つの〈雁の子〉を口の中に入れた。

今にもとろけそうな顔をしている。その様子を見つめながら、なつめは心の中が温かく満たされていくのを感じていた。

第四話　雪ひとひら

一

久兵衛となつめが〈雁《かり》の子〉を作った翌日、暦は十一月を迎えた。冬至を見据えた〈柚《ゆ》子《ず》香《か》〉もこの日から売り出されている。

「出羽さまと北村さまにお届けする冬の菓子、そろそろ本腰を入れねえとな」

この日、店を閉めた後、久兵衛は太助となつめ、文太夫を前にそう告げた。

注文を受けたのは冬の初めだが、その後のやり取りで、冬至の日に届けることが決まったという。冬至はこの月の二十一日であった。

「冬至当日ですと、〈柚子香〉はふさわしい菓子でしょう。今日の売れ行きもなかなかよかったですし」

と、太助が応じた。

「それはもちろん考えの内にある。ただ、他にもいくつか作ってはみたが、あの方々をご満足させる何かがまだ足りねえ」

久兵衛は唸《うな》るように言った。

昔から作られてきた〈椿餅《つばきもち》〉に加え、冬の花である山茶花《さざんか》の煉《ね》り切り、南瓜《かぼちゃ》で作った餡《あん》の餅《もち》菓子や饅頭《まんじゅう》など、試しに作ってみたという。それらは確かに冬を感じさせはするが、〈六菓仙《ろっかせん》〉や〈松風《まつかぜ》〉のような背景がない。注文主からそうした背景が求められていることは、自明であった。

「冬といえば、真っ先に雪が浮かぶんだが……」

独り言のように言う久兵衛に、三人が思い思いにうなずく。

和歌でも雪を詠《よ》んだ歌は多い。だが、雪をどう形づくるかとなると、決して容易《たやす》いことではなかった。

(昔から、雪のことは「六つの花」ともいうけれど)

これは、雪のひとひらが六枚の花弁を持つ花に見えることからの異称だが、それを煉り切りにすると、白い椿などと誤解され、雪と気づいてもらえない恐れもある。

(菓銘を〈六つの花〉にしたらいいのかしら)

いや、銘に頼るのは安直だろう。すぐに思い直したが、代わりに浮かぶものもない。

「ついては、お前たちにも考えてもらってたが、どうだ。何か案はあるか」

久兵衛から目を向けられて、なつめは「申し訳ありません、まだ」と答えるしかなかっ

た。一方の文太夫はといえば、

「まことに申し訳もございませぬ。私も生憎《あいにく》、ご披露申し上げられるような案はまだ」

と、美しい所作で仰々しく頭を下げている。

「そこまで謝ってもらうほどのことじゃねえ。ただ、そろそろ期限をつけるとしよう」

久兵衛から改めて言われ、なつめと文太夫は否《いや》も応《おう》もなかった。時をかければ、よいものが思いつくというわけでもない。ちょっとしたこと、ひょんなことがきっかけとなって、考えが広がっていくのはよくあることだ。

「今月の十日までに案を一つは出せ。自分では不出来だと思っていても、他の者の見方が加われば、何かに化けることはある。なつめは分かってるだろうが、文太夫もあまり難しく考えるな。お前がよく知ってる能楽の中にもきっと種がある」

それを掘り起こすだけでもいいんだ――と久兵衛から励まされ、文太夫は生真面目《きまじめ》な表情で「はい」と応じた。

その話が一段落したのを見計らったかのように、

「お前さん、ちょっと、お客さんがお見えなんだけど」

外からおまさの声が聞こえてきた。

前に同じような場面で、嫌な客人を迎えた時のことが、なつめの脳裡《のうり》をよぎった。上野の上総屋《かずさや》と名乗る菓子屋の主人だったが、あきれたことに、目障りな氷川屋《ひかわや》を叩《たた》くべく手を組もうなどと言ってきたのである。久兵衛はきっぱりとそれを断り、その後は何の音沙《おとさ》汰《た》もなかったが、氷川屋は大丈夫だろうか。

しばらく会っていない友の顔がふと思い浮かび、次いで氷川屋に残ると決めた想い人の顔が浮かび上がる。

今は物思いに沈んでいる時ではないと、慌ててその面影を振り払おうとした時、

「誰だ」

久兵衛が穏やかでない声で問い返した。なつめと同じように、上総屋のことを思い出したようであった。

「辰五郎さんですよ。もうここまでお通ししたわ」

おまさが笑いを含んだ声で言い、

「何だ。早く通せ」

と、久兵衛がやや拍子抜けしたような声で応じる。すぐに戸が開けられ、

「どうも、急にお邪魔しちまってすみません」

と言いながら、辰五郎が入ってきた。

「お前が遠慮してどうするんだ」

久兵衛は言い、皆が笑顔で辰五郎を迎える。しかし、辰五郎の顔には取ってつけたような笑みが貼りついており、どことなくぎこちない様子であった。

「何かあったのか」

久兵衛の前に座った辰五郎は、その問いかけに微妙な表情でうなずいた。

「ちょいとご相談したい話がありまして。俺一人じゃ、どう受け取ったらいいか分からなくて」

いつもより歯切れの悪い口ぶりで、辰五郎が答えた時、おまさが熱い麦湯を運んできた。

「これはありがとうございます。冷え切ってたんで助かります」

辰五郎は茶碗《ちゃわん》を受け取り、湯気の立つそれを一口すってから、改めて久兵衛に向き直った。

「相談ってのは何だ。皆がいてもかまわねえ話なら、ここで聞かせてもらうが」

久兵衛が尋ねると、辰五郎は自分の方はかまわないと言い、一度大きく息を吸ってから切り出した。

「実は、五日ほど前のことなんですが、氷川屋の旦那がうちを訪ねて来ましてね」

誰かの口から「なに？」と声が上がったが、辰五郎の話を遮《さえぎ》るほどのものではない。誰もが驚いた表情を浮かべる中、辰五郎は五日前の出来事を細かく語り出した。

庭の方から「ごめんくださいよ」という男の声が聞こえる。辰五郎が裏口から庭へ出て行くと、閉め切ってある店の前に立っていたのは、恰幅《かっぷく》のよい羽織姿の男であった。

（氷川屋の旦那じゃねえか！）

顔を突き合わせて話したことはないが、以前、氷川屋へ客として足を運んだ折、見かけたことがある。が、ここへ氷川屋の主人が訪ねて来る理由が分からない。

「辰巳屋の辰五郎さんでございますな」

相手はしれっと尋ねてきた。

（一体、どの面《つら》下げて――）

口に出しはしなかったが、その思いは顔に出ていたかもしれない。

「突然伺いましたご無礼、お詫《わ》びいたしますよ。私は上野で菓子屋を営んでおります氷川屋の主勘右衛門《かんえもん》にございます」

「はあ」

「本日は大事なお話がございましてお伺いいたしました。できましたら、落ち着いたところでお話しいたしたく」

「……なら、どうぞ中へ」

驚きもしたし、二人きりで顔を突き合わせたいとも思わなかったが、仕方なく辰五郎は氷川屋を中へ招き入れた。

辰五郎と氷川屋との間には、〈たい焼き〉のことで因縁がある。

辰五郎が独自に考え出し、照月堂の意見を取り入れて改良した〈たい焼き〉は、辰五郎が営む辰巳屋の人気の品であった。ところが、氷川屋はこれと形も同じ、名前も同じ菓子を後から屋台で売り始めたのだ。氷川屋の屋台は辰巳屋の近くへも来た。その際、「氷川屋の〈たい焼き〉こそ本家本元」と嘘《うそ》を触れ回り、辰五郎が物真似《ものまね》をしたかのような風評を立てたせいで、辰巳屋には客が来なくなってしまった。そのため、辰五郎はいったん店を閉める決断をし、今は団子の仕出しで生計を立てている。

こうした経緯がありながら、氷川屋が自分を訪ねて来たのはなぜなのか。その理由を考えながら、辰五郎は部屋へ通した氷川屋と向き合って座った。

「実は、私どもは菓子の屋台売りから撤退することにいたしました」

と、氷川屋はまず告げた。

「私どもの商いを邪魔立てする者がございましてな。それはもう、汚いやり方をいたすのでございますよ」

屋台を出したすぐそばに落首を出されたこと、その落首が聞くも腹立たしい下品なものであること、そういうことをするのは氷川屋を妬《ねた》む下劣な同業者に違いないこと、自分はもうその正体を見抜いていること。

そんな話を氷川屋は延々と語り続けた。さすがに長すぎるので、

「それで、そのお話が俺とどう関わるんでございましょう」

辰五郎は途中で氷川屋を遮って訊《き》き返した。

すると氷川屋は口をつぐみ、まじまじと辰五郎の顔を見つめた後、「いやいや、これは失礼をいたしました」と両手を前について頭を下げた。

「前置きが長くなってしまいましたな。申し上げたかったのは、屋台売りをやめた後は本来の菓子作りに立ち戻るつもりだ、ということでございます。つまり、注文を受けて作る主菓子《おもがし》なり、店で売る煉り切りなり饅頭なり、基本に立ち返ったものをしっかり作ってい

きたいと思うわけでございまして」

「いいんじゃないでしょうか」

辰五郎は適当に相槌《あいづち》を打った。すると、

「うちはつい先ごろ、親方がいなくなりましてな」

氷川屋が打ち沈んだ声で告げた。

「親方不在の状態が続いております。饅頭なら誰それ、煉り切りなら誰それ、と菓子ごとに中心となる職人を決めて、何とかやっておりまして。とはいえ、いつまでもそういうわけにはいきません」

一拍置き、表情を改めると、氷川屋はひと息に告げた。

「辰五郎さん、あなたにうちの店の親方になっていただきたい」

「な、なんですって！」

辰五郎は飛び上がらんばかりに驚いた。すると間髪を容《い》れず、氷川屋がその場に手をついて深々と頭を下げた。

「どうかうちの親方となり、職人たちを率いてやっていただきたくお願い申し上げる。今日はそのために伺った次第です」

「何をおっしゃるんです。親方は今いる職人の中から選べばよいでしょう」

「それがですな。私の目に適《かな》う職人がおりませんのです。まだ若い職人の中に、これはという者もいるのですが、いくら何でも若すぎてすぐに親方に抜擢《ばってき》するわけにもまいりません。ですから、私としては余所《よそ》から才も経験もある人を――」

「余所から招くにしたところで、俺が氷川屋の親方になれる道理がありません」

「どうしてです？」

氷川屋は手を床についたまま、顔だけを上げ、きょとんとした目を辰五郎に向けた。

「どうしてって、旦那。俺はまがりなりにも辰巳屋という菓子屋の主なんですよ」

「もちろん存じておりますとも。辰巳屋さんが〈たい焼き〉という大人気の菓子を作り出してお客を集めたことも、今では辰五郎さんの団子を仕入れている茶屋がその団子ゆえに売り上げを伸ばしていることも。菓子職人としての辰五郎さんの腕前は明らかです。私はその才に惚《ほ》れ込んでいる」

氷川屋は自分の言葉に、うんうんと大きくうなずいてみせた。

「その才は世の中のために広く使われるべきものでございますぞ。しかしながら、今はそれが存分に振るえているとは申せますまい。そこで、辰五郎さんにはうちの店へ親方として来ていただき、その才を存分に出し切っていただきたいのでございます。うちの店と職人は辰五郎さんによって救われる、辰五郎さんはその類《たぐい》まれな才を存分に使うことができる、というわけでございまして」

すべてが丸く収まり、万々歳だとでも言いたげな氷川屋の様子であった。

「こう申し上げると、うちの店のことしか考えていないようですが、もちろん辰五郎さんをずっと縛り付けるつもりはありません。辰五郎さんにはご自身の店がおありになるわけですから」

その後、氷川屋は自分の店の現状と先行きを語り、いずれ辰五郎が氷川屋を出て辰巳屋を再開する際には、十分な援助と後押しをすると約束した。

どうか受け容れてもらいたい――そう続けて、氷川屋は再び頭を床につけた。

思わず話に聞き入ってしまっていた辰五郎は、はっと我に返る。

「いやいや、氷川屋の旦那。顔を上げてください」

慌てて言った。

「何とおっしゃっても、俺がおたくの店の親方にってのは、あり得ない話ですよ」

辰五郎がはっきり言うと、氷川屋は顔を上げた。正面から辰五郎の目を見据えるようにし、ややあってから、意外にもあっさり「分かりました」と言った。

「ひとまず、今日は帰ります」

という、静かな声が続く。

「私としても、辰五郎さん以外の職人をうちの親方に、とは考えられませんのでな。我が意を分かっていただけるまで、あきらめるわけにはいきません」

その熱心さたるや大したもので、辰五郎は目を瞠《みは》る思いがした。こんなふうに頼み込まれてその気にさせられ、氷川屋へと引き抜かれた職人はたくさんいるのではないか。

辰五郎はそれ以上、氷川屋の熱心さをしりぞける言葉を持たなかった。そのことに手ごたえを感じたのか、氷川屋はいそいそと帰って行った。

二

そこまで一気に話した辰五郎は、一度息を吐いた。再び湯呑《ゆの》みを手にした辰五郎に、

「それで、氷川屋の話は終わったのか」

と、久兵衛が真剣な面持ちで尋ねる。辰五郎はぬるくなっていた麦湯を一気に飲み干し、

「それが終わらなかったんですよ」

と、答えた。

「次の日も、そのまた次の日も、氷川屋の旦那が来たんです」

話の内容は変わらず、同じように頭を床につけ「親方になっていただきたい」とひたむきにくり返されたと、辰五郎は続けた。

「俺、どうしたらいいんでしょうか」

途方に暮れた様子で辰五郎が訊く。

「お前ははっきり断ったんだろ」

「三日ともはっきり断りましたよ。けど……」

辰五郎の声が次第に小さくなっていった。

「騙《だま》されちゃいけませんよ、辰五郎さん！」

強い語調で口を挟んだのは太助であった。

「そんな口約束、氷川屋の主人が守るかどうか分かったもんじゃありません。第一、辰五郎さんに詫びるべきことを、あの主人はきっちり謝ってないんでしょう？」

「まあ、そこはそうなんですがね」

と、辰五郎は苦笑いを浮かべた。あたかもそのことはもういいんだとでもいうような笑顔に、太助は困ったもんだと吐息を漏らす。

「実は、こちらのご隠居さんにもこの話をしたんですけど」

と、辰五郎はかつての師匠である市兵衛《いちべえ》のことを持ち出した。

「ほう。親父は何て言ったんだ」

久兵衛が興味を惹《ひ》かれた様子で訊き返した。

「『そりゃ三顧《さんこ》の礼《れい》ってやつだな』と言われまして」

支那《しな》が三国に分かれていた頃の話だ。賢人と名高い諸葛亮《しょかつりょう》を傘下に招くべく、後の蜀《しょく》の皇帝劉備《りゅうび》が断られても続けて三度、諸葛亮のもとへ足を運び、礼を尽くしたという故事。その礼を受けて、諸葛亮は劉備を主君として仰ぐようになったというわけだ。

氷川屋の主人がそのことを念頭に置いて行動したとも考えられる。

「ご隠居さんは続けて、『そりゃあ断れねえよなあ』って呟《つぶや》かれたんです。俺、驚いて、『それって例の占いなんですか』って訊いたんですが、後はもう笑うだけで答えてもらえなかったんですよ」

辰五郎は訴えかけるように言った。

故事は「三」という数字にまつわる内容である。市兵衛がよくする占いは梅花心易《ばいかしんえき》といって、たまたま起こった事象や思いついたことから、関連する数字を導き出し、それをもとに行う占いであった。

「俺、ご隠居さんの話を聞いたら、余計にわけが分からなくなっちまって」

辰五郎が困惑した声を出す。しばらく誰も口を開かなかったが、

「親父の占いは深い意味があるから、疎《おろそ》かにはできねえ。すぐに結果が出るようなもんでもねえしな」

まずは久兵衛が口を割った。

ここで、辰五郎が憎い仇《あだ》とも言うべき氷川屋を助けることで、行く行くはその恩恵が辰五郎に返ってくるというめぐり合わせがないとも限らない。そして、そうである限り、答えは安易に出さない方がいいと、市兵衛の言葉を深読みして久兵衛は言う。

「親父のいないとこで占いのことを話し合っても埒《らち》が明かねえ。まずは、それを離れて、俺の考えを言おう」

久兵衛に皆の目が集中した。

「氷川屋の申し出についてだが、過去の経緯をひとまず措《お》いて考えれば、決して悪い話じゃねえ。辰五郎を親方に迎えるって言うんだからな。それに、あの主人がわざわざ頭を下げに来たってんだ。氷川屋はよっぽど困ってるんだろう」

氷川屋はもともと武家衆相手の商いに強かった。さらに欲をかいて庶民相手の商いでも

結果を出そうと目論《もくろ》み、現時点で痛い目に遭っている。

「お前はそこを補うだけの力がある」

氷川屋の主人もその力を買って、今回の申し出をしたのだろうと久兵衛は見ていた。

「けど、俺はお武家衆相手の主菓子作りはあんまし……」

言いかける辰五郎の言葉を遮り、

「そうはいっても、今、氷川屋にいる職人連中に引けは取るめえ」

と、久兵衛は押しかぶせた。

「まあ、お前がそういうのをやりたくないなら、それは古参の職人たちに任せちまえばいい。さっきの話じゃ、すでに氷川屋では分担して仕事をしてるんだろ。話をうまく持っていきゃ、連中のお前への反撥《はんぱつ》も和らぐだろう」

その割り振りがうまくいけば、辰五郎のやり方に、古参の職人たちが文句をつけることはないというわけだ。

そうしてある程度まで氷川屋を立て直したらさっさと手を引き、今度こそ辰巳屋の主人として再出発すればいい。その時、氷川屋で親方をやっていたという経歴が客を集める効果を持つまでは、氷川屋で精進する。

「こう物事が運べば、お前にとっても悪い話じゃねえということだ。だから」

と、ここで久兵衛は一度口を閉ざし、表情を引き締めて先を続けた。

「受ける気があるんなら、初めにしっかりとお前の望みを申し出て、場合によっちゃ証文を取れ。あの主人を相手にするなら、そのくらいの用心が必要だ」

久兵衛の言葉に、太助が音を立てるような勢いで、首を大きく縦に動かした。

「つまり、俺はいずれ辰巳屋を再開したいわけで、それを後押しするって言ってた氷川屋の証文を取ればいいんですね」

いつの間にやら誘い込まれたように、辰五郎が訊き返した。

「それだけじゃ足りねえ。後押しってやつの中身を明らかにしておくんだ。大体、お前の店開きにかかる費用の一部を氷川屋に出させたって、罰《ばち》は当たらねえだろうよ。それからもう一つ、大事なことがある」

久兵衛は指を一本立て、「たい焼きの件だ」と続けた。

「今は売るのをやめたそうだが、お前が氷川屋に入ったら、また売り始めるかもしれねえ。それはいいが、お前が氷川屋を出る時、お前の意見を通してもらえるよう、初めに話をつけて、こっちも証文を取っとくんだ。どうしたいかは、氷川屋を去る時にお前が決めればいい。あれは、お前の菓子なんだからな」

と、久兵衛が言った時、辰五郎は少し驚いたような表情を浮かべ、やがてゆっくりとうなずいた。

「場合によっちゃ、氷川屋と話をする時に、俺と番頭さんが間に入ってもいいぞ」

久兵衛から目を向けられ、太助が身を乗り出すようにする。

「もちろんですよ。旦那さんお一人でも大事無いでしょうが、氷川屋の主人もなかなか手ごわいですからね。その時はあたしもご一緒させてもらいますよ」

「ありがとうございます」

辰五郎は深々と頭を下げて礼を述べた。その表情はすっかり晴れたわけではないが、先ほどまでの悩ましげなものではなく、氷川屋からの申し出を検討してみようという気構えが宿っている。

「それにしても、俺はいっぱしに店を持って、まがりなりにも店の主になったんだ、なんて思ってましたけど……。今の旦那さんを前にして、自分がいかに未熟者だったか分かりました」

と、辰五郎は目を伏せて告げた。

「菓子作りには俺なりの信念も誇りも持ってました。けど、店を営んでいくっていうのはそれだけじゃねえ。俺はそこんところを分かってなかったんだと、やっと気づきました。だから、こちらを辞める前、旦那さんに楯突《たてつ》くようなこともできたし、店を始めてすぐに足もとをすくわれ、痛い目を見ることにもなった」

「済んだことはもういいだろう」

久兵衛が照れたように、いったん辰五郎から目を背けた。なつめたちは目を見交わし、声を立てずに笑い合った。

「ところで、これは俺が気にかけることじゃねえんだが」

久兵衛は目を辰五郎に戻して言う。

「今の話の中に、親方にするには若すぎるって職人が出てきただろう。あれは菊蔵のことなのか」

「あ、はい。そのこともお話ししようと思ってたんですが」

辰五郎が低い声で応じたが、その表情には躊躇《ためら》いの色が浮かんでいる。だが、それをすぐに消し去ると、

「菊蔵は氷川屋さんの婿になることが決まったんだとか。行く行くは親方と店の主人を兼ねることになるそうです」

と、辰五郎は告げた。

「……え」

なつめは自分が小さな驚きの声を上げたことにも気づかなかった。頭の中が真っ白になり、心は受け容れるのを拒絶する。

「そうか。菊蔵が氷川屋に残ると決めた理由には、婿入りのこともあったんだろうな」

久兵衛が納得したふうに呟いた。

「親方が店を去ったり、おかしな落首で詰《なじ》られたり、氷川屋もいろんなことがありましたから。菊蔵にまで去られたらと、あの旦那が縁談を進めたのかもしれませんね」

淡々と語る辰五郎の声が耳に入ってくる。どうして、辰五郎も久兵衛もさほど驚いていないのだろう。世間によくある話の一つであり、菊蔵の判断はもっともである、とでもいうような納得の仕方だ。

なつめにとっては、氷川屋の主人の三顧の礼より、ずっと驚く話であるというのに。

（菊蔵さんが氷川屋の婿に、行く行くはあのお店の若旦那さんに）

それは、菊蔵がしのぶの夫になるということであった。

商家の一人娘が婿を取るのは当たり前である。そうした場合、同じような商家の次男や三男を婿取りすることもあれば、店の奉公人を抜擢することもあった。それくらいのことはなつめも分かっている。照らし合わせれば、氷川屋で目をかけられていた菊蔵がその候補になることも、決して予測できないことではなかったはずだ。

なのに、どうして自分はそのことを思い浮かべてもみなかったのだろう。菊蔵としのぶが二人きりで親密そうに言葉を交わす姿も見ていたというのに。

しのぶの気持ちについては、わずかながら疑ってみたことはあった。菊蔵の前で泣くしのぶを見た時は、自分でも思いがけないほど動揺した。

それでも、認めたくなかったのだ。自分のたった一人の大切な友と、同じ人を好きになってしまったなんて――。

「ところで、上野の上総屋の動きは何か聞いてねえか」

「それが、氷川屋の旦那はにおわせることは言うんですが、上総屋の『か』の字も口にしなかったんで」

久兵衛たちの話は、さらに別のことへと移っていったが、なつめの耳にはもう新たな話は入ってこなかった。

「……なつめさん。どうかしましたか」

耳の近くで声をかけられて、なつめははっと我に返った。声をかけてきたのは文太夫であった。

「え、文太夫さん。何か？」

「いえ、お顔の色が悪いように見受けられましたので」

気がつくと、他の人々も話すのをやめて、なつめの方に目を向けている。

どことなく、気まずい気配が漂っているようにも感じられた。

「い、いいえ。何ともありません。平気です」

慌てて答えたが、

「ですが、お顔色が戻っていませんよ。お加減が悪いのなら無理はなさらない方がよろしいでしょう」

と、文太夫が心配そうに言葉を継ぐ。

「そうだな」

久兵衛が声の調子を変えて言った。

「もう仕事は終わってるし、辰五郎の話も終わった。今日は皆、これで上がってくれ」

太助、文太夫と目を向けた後、久兵衛の眼差しはなつめに据えられた。

「なつめ、お前は加減が悪いのなら休んでいってくれてかまわねえが、帰りが遅くなるのも心配だ。おまさに駕籠《かご》を呼んでもらうか」

「ご心配おかけしてすみません、本当に平気です。それではこれで失礼いたします」

なつめは早口に言うと、久兵衛に頭を下げ、誰よりも早く部屋を出た。おまさに声をかけて挨拶《あいさつ》をし、そのまま戸口へと向かう。早くひとりになりたい。なつめは逃げるように照月堂を後にした。

仕舞屋《しもたや》の戸を開《あ》け閉《た》てする音が完全にやむまで、居間にいた四人の男たちは声を立てなかった。

そして、なつめが建物の外に出たということがはっきりしたその時、

「まったく、お前は余計なことを」

太助が嚙《か》みつくような調子で、甥《おい》の文太夫を叱りつけた。

「私、何か余計なことでもいたしましたか」

文太夫はわけが分からないという様子で訊き返した。

「分からないなら分からないでいい。とにかくなつめさんのことは放っておけ」

「放っておけとは、ずいぶん冷たい物言いではありませんか」

太助と文太夫が掛け合いをしているところへは加わらず、辰五郎は静かな眼差しを久兵衛に向けた。

「俺、本当にずうっと前ですけど、なつめさんを変にけしかけるようなことを言っちまって。菊蔵のこと、なかなか男前だろうとかって」

まったく軽口のつもりだったんですがね——と、ほろ苦い口ぶりで辰五郎は呟く。

「自分と同じ志があって、自分より腕のいい同年輩の男がいりゃ、惹かれるのも無理はねえさ。あいつの周りにゃ、菊蔵しかいなかったしな」

久兵衛のしみじみした呟きに対し、

「安吉もいたでしょう」

と、すぐに言い返しはしたものの、「それはないか」と辰五郎は苦笑した。

「まあ、当時の安吉じゃな」

と、久兵衛も同意する。

「菊蔵の女房になるのがどこの誰とも知らぬ相手ならよかったが、氷川屋のお嬢さんじゃあな。なつめとはずいぶん仲良くしていたし、父親と違っていいお人だ」

「そうなんですよね」

と、久兵衛の言葉に辰五郎は同意した。

「氷川屋の主人に似たところのある鼻持ちならない娘さんなら、それはそれであきらめがつくってもんでしょうが、皮肉な話ですよ」

「まあ、時が経《た》つのを待つしかねえだろう。それにしても、お前が本当に氷川屋へ入るとなりゃ、そういう複雑なとこへ飛び込んでいくってことだ。近いうちに若旦那って呼ばれる男が、お前の下で働くってのも、厄介なもんかと思うが」

久兵衛が気がかりな目を向けたが、この時の辰五郎はさして困惑した顔も見せず、

「まあ、そうなんですが、それについちゃあ、あまり心配はしてないんですよ」

と、応じた。

「菊蔵は主人風を吹かせるようなことはしないでしょうし、あいつの目指してる菓子は、直《じか》に聞いたわけじゃないですが、旦那さんと同じ方を向いてるんじゃないかと思うんです」

「手の込んだ主菓子を作りたがってるってことか」

「へえ。たぶん、あいつはたい焼きのことなんか、ほとんど念頭にもないと思います。となりゃ、さっき旦那さんが教えてくださったように仕事を分ければ、あいつと角《つの》突き合わせる事態にもならねえでしょう」

「そうか。なら、いずれ菊蔵が率いる氷川屋は、俺の前に立ちふさがることがあるかもしれねえってことだ」

むしろ楽しげに久兵衛は言った。

「そうかもしれません。その時、あの謀《はかりごと》をめぐらすのが好きな今の主人が、完全に隠居していてくれるといいんですがね。まあ、それはないかな」

「違いねえ」

久兵衛と辰五郎は顔を見合わせて、笑い合った。傍らでは、言い合うのをやめた太助と文太夫が、何の話だったのかと不思議そうな目を向けていた。

三

――非があるとすれば、それは恋の奴《やっこ》やと、わたくしは思います。恋の奴に魅入られたなら、人にはもうどないすることもできんのや。

――そう……か。了然殿のお住まいに、女郎花《おみなえし》は咲いておらぬか。

なつめの心の中で、了然尼の声と、かつて了然尼が想いを寄せた男の寂しげな声が重なり合う。

二人は許されぬ立場にありながら想い合う仲であったと、了然尼本人から聞いた。

――なつめ、そなたにもいつかは私の気持ちが分かるはずだ。許されぬ恋に身を投じ、すべてを燃やし尽くしてしまったこの兄の気持ちが。

「兄上っ！」

はっと目覚めると、ひどく寝汗をかいていた。あまりよく眠れなかったためか、体がひどく重い。起き上がれば冬の寒さに汗が急に冷えて、なつめは体をぶるっと震わせた。

目覚める直前に聞いていたのは、兄の声だった。もちろん、過去に聞いた言葉ではない。なつめが心の中で勝手に作り上げた言葉か。それとも、遠くにいる現実の兄がなつめに向けて発した心の声か。

兄の気持ちは分からないと思っていた。兄を懐かしく思う気持ちとは別に、道理を踏み外した兄を批判する気持ちもあった。

恋を知らないわけではない。それを知ってもなお、道義上許されるか否かということは、なつめの中で大きな問題だった。

だが、これまで誰のものでもなかった恋しい人は、一番親しい友の許婚《いいなずけ》となり、間もなく夫となる。そうなれば、なつめがその人に想いを懸けることは許されぬことになる。

（いいえ、想うことは許されてもいいのではないかしら。ただ想うだけならば――）

だが、それを言うなら、兄とて想い人と深い仲になったわけではないらしい。恋の歌を贈り合ったのは事実だが、互いに想いを寄せ合っただけだ。

（歌を贈り合うなんて許されない、私はそう思っていた）

それならば、互いに作った菓子を贈り合うことも許されないことになる。

そう、自分はもう菊蔵と菓子を贈り合ったりしない。そうしてはならない。だが、心に深くそう刻み込むのは何と苦しいことなのだろう。

再び身を震わせる寒さに襲われ、なつめは急いで着替えに取り掛かった。冷たい小袖《こそで》に袖を通す瞬間がいつにも増して身にこたえる。

井戸水で顔と手を清め、それから朝餉《あさげ》の席に着いたが、ほとんど何の味もしなかった。そういえば、昨晩の夕餉にも何を食べたか覚えていない。

こんなことで、一人前の菓子職人になれるのかと嘆かわしい気持ちが湧いてきた。

そんななつめがこの日初めて、口に入れたものの味をはっきりと自覚したのは、照月堂の厨房《ちゅうぼう》へ入ってすぐ、久兵衛から渡された小さな白い欠片《かけら》であった。

「口に入れてみろ」

と差し出されたそれは、いびつな四角形で、干菓子が何かの拍子で割れた欠片と見えた。

なつめはそれを寒さに凍えた手でつまみ、口の中に入れた。

（何て甘い）

口に入れる前は、しっかりとした堅さを持っていたそれが、口に入れた途端、ほろほろと溶け出していく。砂糖をそのまま口に入れた時よりも甘く感じられた。この世のどんな食べ物よりも優しくはかなげな食感。そして、どこまでも滑らかな口当たりのよさ。

それは、あっという間に口の中で消えてなくなり、後には物足りなさが残っている。もっともっと食べたい、いや、口の中で溶けていく食感を味わいたいと思わずにはいられない菓子であった。

干菓子を食べたことがないわけではないというのに、なつめはこの時、この優しい甘さに心が癒されていくのを感じた。

「どうだ」

久兵衛からの問いかけに対し、

「口どけの感じが、まるで淡雪《あわゆき》を思わせるような」

心に浮かんだままのことを、なつめは口にした。

「淡雪か。そりゃ、そのまま菓銘になりそうだな」

と、久兵衛はいつになく朗らかに笑った。

「これは、落雁《らくがん》ですか」

なつめが問うと、久兵衛はそうだと答えた。

「落雁は前々からある菓子だが、どの砂糖を使うか、どうやってあの口当たりのよさを引き出すか、そこが菓子屋独自の工夫となる。また、何を型押しするか、どんな菓銘をつけるかで、出せる季節も変わるものだ」

「もしかして、出羽さまにお届けするものとして、落雁をお考えですか」

「まだ決めてはいないが、案の一つではあるな」

と、久兵衛はわずかな自信をみなぎらせた声で言った。

「お前が今思いついたように、雪を——そうだな、淡雪が溶けていく感じの食感を落雁は持っている」

冬といえば雪——そう言い合った時のことが思い出された。昨日のことだというのに、ひどく遠い日の出来事のような気がする。冬の菓子の案を出す期限まで、あと八日と迫っていた。

菊蔵の話を耳にしてから、思い乱れて心ここにあらずとなりかけていたことを反省し、なつめは無理にも気を引き立てた。今は照月堂にとって大切な時。叶《かな》うならば、少しでも久兵衛の菓子作りの一助となれるような菓子を思いつきたい。

「ところで、昨日の話なんだが」

落雁の話が一段落すると、急に久兵衛が切り出した。

「お前が帰った後、辰五郎がくわしく話してくれたが、どうやら氷川屋は相当追い込まれているらしい」

氷川屋の主人が何度も辰五郎に頭を下げてきたのも、そういう事情があるのだろう。

「あちこちで屋台売りを邪魔されてるらしいが、店のある上野界隈《かいわい》でもよくない評判を立てられているんだそうだ」

「例の上総屋さんの仕業でしょうか」

「まあ、直にやっているかどうかはともかく、糸は引いていそうだな」

久兵衛が上総屋の顔を思い浮かべたのか、苦い表情を浮かべる。

「お前、氷川屋のお嬢さんから、何か聞いてはいないのか」

久兵衛から尋ねられ、

「……はい。あちらが大変になってからはお会いしていなくて」

なつめは憂い顔で答えるしかなかった。

「そうか。なら、近頃の氷川屋の菓子は食べてないんだな」

「はい」

「昨日、辰五郎にも自分の舌で確かめておくよう言い含めたんだが、親方がいなくなってから、あの店の菓子がどうなってるかは俺も知りてえところだ」

久兵衛は少し考えるふうに沈黙した後、

「近いうちにでも、文太夫に氷川屋の菓子を買いに行かせるか」

と、言った。

「今なら柚子《ゆず》を使ったものが出てるだろう。他には落雁だな」

久兵衛の言葉は、柳沢家と北村家に届ける冬の菓子を念頭に置いてのことだろうと、なつめは思った。


その氷川屋の菓子が照月堂にもたらされたのは、二日後の十一月四日のことである。文太夫が上野へ行き、氷川屋ばかりでなく、上総屋の場所も突き止め、それぞれの店の菓子を買い求めて来たのだった。

上総屋は氷川屋とはさほど近いわけでもなく、上野の北寄りに位置するらしい。

「氷川屋さんの方が店構えは格段に立派なんですが、客の入り具合は何といいますか、氷川屋さんはあまり芳しくないようで」

遠慮がちな口調で、文太夫は告げた。一方の上総屋は出している菓子の種類も多くないのだが、客はけっこう入っていたという。

「上総屋さんはもともと飴屋《あめや》さんだったそうでございます」

文太夫からもたらされた話に、「そうだったのか」と久兵衛と太助は同時に言った。

「はい。水飴と雑穀を混ぜた〈おこし米《ごめ》〉などで人気を博したのだとか。今も売っておりました」

それらはすべて一文で売られており、一文菓子と言われる雑菓子の類《たぐい》である。一方、雑菓子でない、もう少し上等な菓子も今は売っていたが、茶席にも出せるような煉り切りなどはなく、饅頭と餅菓子が数種類といったところだったらしい。

「旦那さんから頼まれました柚子の菓子と落雁については、売っておりませんでした」

ただ、柚子飴という一文菓子があったので、一応それを買って来たと、文太夫は告げた。

「まあ、後で味見させてもらうが、出羽さまに供する菓子の手がかりにはならねえな」

久兵衛は苦笑して言い、氷川屋の方はどうだったかと尋ねた。

「氷川屋さんでは、柚子の餅菓子の他、柚餅子《ゆべし》がございました。落雁は梅の花が出ておりましたので、それも」

文太夫が包みを開けて、久兵衛に示しながら説明する。

「柚子の煉り切りは無かったんだな。この餅の名前は何ていう」

「〈柚子餅〉だそうです。落雁の銘は〈梅の花〉でした」

「分かりやすいな。まあ、それでいいんだが」

久兵衛はまず柚子餅をつまみ上げ、「いただこう」と言った。

「売れ行きのよいものについては、人数分はないものもございますが」

恐縮したように文太夫が言い、自分は遠慮しようとするので、なつめは大丈夫ですと言った。久兵衛のために一つずつ残し、その他のものを太助と文太夫、自分で食べられるよう、黒文字《くろもじ》で切り分けていく。

皆がそれぞれ菓子を口にし始めた頃、餅を一口かじった久兵衛は、断面をしげしげと見つめながら、

「柚子餡を餅でくるんだものか。柚子がたっぷり使われているようだな」

と、柚子餅を見分した。なつめも一口食べてうなずき返す。

「ちょっと甘みがしつこいか。酸っぱさとの釣り合いを取ろうとしたんだろうが」

そう感想を述べた後、久兵衛は柚餅子を食べ、最後に落雁を手にした。

「梅の花は意匠が分かりやすいが、まだその時節じゃねえ」

久兵衛の物言いには、あきれたような響きと残念そうな響きが混じっている。

落雁を口に入れた後、久兵衛はしばらく口を閉じていたが、ややあってから気まずいような表情で切り出した。

「少し後味が悪いな。口の中で溶けた後も、何かが残ってる気がする」

なつめも同じことを思っていたら、太助も「そうですな」とうなずいている。

「氷川屋の落雁を食べたのは初めてだが、前からこんなふうだったのか」

久兵衛の問いに、なつめは「いいえ、そんなことはありません」と首を横に振った。

「私はこちらでお世話になる前に、氷川屋さんの落雁を食べたことがあります。その時はもっと口当たりがよくておいしかったです」

「親方の抜けた穴が思っていた以上に大きかったか、あるいは――」

と言って、久兵衛は表情を暗くした。

「職人連中が他にも余所に引き抜かれているのかもしれねえ。菊蔵の婿入りも店の中じゃ知られてるだろうし、不満のある職人もいるだろう」

そうなのかもしれない。上総屋のように氷川屋を妬む菓子屋連中が、ここぞとばかり、引き抜きにかかっている恐れもあった。

「上総屋なんかは職人が欲しくてたまらねえところじゃねえのか」

久兵衛の独り言に、太助がうなずいていた。

本当にそんな事態になっているとしたら、菊蔵としのぶの立場は決して安穏としたものではないはずだ。焦った氷川屋の主人が辰五郎に頭を下げたことにも納得がいく。

「丁寧な仕事のできる職人の手が足りてねえって感じだな。菊蔵一人で厨房を回すことはできねえだろうし」

一通り、氷川屋の菓子を食べ終えてから、上総屋の柚子飴を皆で分け、その席はお開きとなった。

「それじゃあ、なつめと文太夫。冬の菓子をしっかり考えといてくれ」

最後に久兵衛が言って、二人は「はい」と生真面目な顔で答えた。

四

氷川屋の菓子を久しぶりに食べたなつめは、帰り道、菊蔵としのぶのことに思いを馳《は》せた。

菊蔵が氷川屋に残る決断をした理由を聞くことはなかったが、それまで世話になった店への恩義によるものかと、なつめなりに考えていた。菊蔵の決断は悲しかったが、この先ずっと顔を合わせることがないと思ったわけではない。

この先だって、なつめはしのぶと仲良く付き合っていくつもりだったし、菊蔵を兄弟子と呼ぶことはできなくなったが、なつめの心の中では兄弟子も同然だと、ずっと思っていたかった。

（でも、しのぶさんの夫となる菊蔵さんとは、もう顔を合わせない方がいい）

会ったところでもう、これまでのように言葉を交わすことはできない。たとえ、ようやく自覚した恋心がそこに介在しないとしても、菊蔵と親しく菓子の話をするのは間違っている気がする。

（では、しのぶさんとは……？）

しのぶは照月堂や辰五郎が困っていた時、親身になってくれた。同じように、なつめもしのぶが困っていたら必ず助け、寄り添いたいと思っていた。しのぶとなら、そんな友情を築けると思っていた。

だが、しのぶや自分が相手に何をしたというわけでもないのに、二人の仲が変わっていこうとしている。二人が決して望まない形で。

（累卵《るいらん》の危うき――大旦那さんからはそう言われたのだったわ）

かつて、しのぶとの友情を占ってくれた市兵衛はなつめに告げた。二人の仲は積み上げた卵が安定しないように危ういものになるだろう、と。それでも、しのぶと仲良くなりたいという気持ちは変わらず、友情を育んできたのだったが。

(今度、しのぶさんに会った時、私はどんな顔で何を言えばいいのかしら)

縁談が調《ととの》ったことへの祝いの言葉を、友としてごく自然に口にできるだろうか。

大事な友の将来に関わる話は、人づてでなくしのぶ自身の口から聞きたかったが、言えない事情があったろうとも思う。

(今にして思えば、しのぶさんは大休庵に来てくださった時、私に何か言おうとしていたようにも見えた)

なつめ自身も、照月堂が菊蔵を誘っていることをしのぶに言えなかったのだし、お互いさまだったのかもしれない。

互いに大好きな菓子に関わっていることが類まれな絆《きずな》と思えた日もあったのに、それが仇となったとでも言うのか、同じ菓子職人の男を好きになってしまった。そして、その恋が一つの結末を迎えた後も、かつての友情を取り戻せるのかどうか心もとない。

(こんなことでは、しばらくの間、しのぶさんとも会えないかもしれないわ)

沈む気持ちを持て余しながら大休庵に帰り着くと、

「お客さまがお見えでございますよ」

と、玄関へ迎えに出たお稲が教えてくれた。

「お客さま？」

まさか——と、心のどこかで脅えつつ訊き返すと、

「前にもいらしたことのあるお嬢さんです。氷川屋さんの」

お稲はさらっと答えた。

「しのぶさんですか？」

一瞬遅れて訊き返したなつめに、お稲が怪訝《けげん》そうな顔つきになる。

「へえ、さようです。了然尼さまにもご挨拶なさって、その後は客間にお通ししておきましたが、なつめさまのお部屋へ行かれますか」

「ええと、そうね。私の部屋の方が落ち着いて話もできるわ」

「それでは、お連れいたしましょうか。それとも、なつめさまがお迎えに？」

なつめは少し沈黙した。前の自分であれば、「私が行くわ」と答えていただろう。が、今は臆病な気持ちが先に来てしまった。

「あの、私はこのまま部屋に行くから、お稲さんがご案内してくれますか。あの、お部屋をきれいにしたいので、そんなに急がなくていいわ」

「なつめさまのお部屋は、いつだっておきれいではございませんか。行灯《あんどん》の火ももうお入れしてございますよ」

お稲が不思議そうに言い返すのを適当にごまかし、なつめは心を落ち着けたくて自分の部屋へと向かった。部屋には置炬燵《おきごたつ》が設《しつら》えられていたが、火鉢の中の炭もすでに熾《おこ》されて

いる。お稲の心遣いをありがたく思いつつ、なつめ自身は何もすることがない。それならせめて心の準備をしたかったが、静かな落ち着きを取り戻すこともできぬうちに、しのぶが案内されてきた。

「突然、お邪魔してしまってごめんなさいね、なつめさん」

部屋へ現れたしのぶは申し訳なさそうに言い、そっと頭を下げた。

「ようこそお出でくださいました。お会いできて嬉《うれ》しいわ、しのぶさん」

なつめは挨拶し、二人は正面から向かい合った。

紅色の小袖を着たしのぶの姿が、行灯の火に浮かび上がる。

濃淡がまるで波打つように染められた小袖には、ところどころ白く染め残された部分があった。白い花とも見えるそれは家紋のような形をしており、花弁に当たる部分は細い直線で描かれている。それが六か所ある紋様は、雪のひとひらが意匠された「六つの花」であると、やがてなつめは気づいた。

「しのぶさんの今日の小袖、すてきだわ。それって、六つの花なんでしょう?」

何を言えばいいか分からないと思っていたが、しのぶを前にすると、口は勝手に動いていた。

「そうなの。小さな雪のひとひらは、こんな形なんですってね。いくら目で見ても分からないのに、遠い昔の人が雪を『六つの花』と名付けたなんて不思議だわ」

しのぶもまた、ごく自然に応じた。まるで昨日まで仲良くしていた友人同士のように。

「今、冬のお菓子を考えているの。冬といえば雪だから、雪にちなんだお菓子をと思っているんだけれど、なかなかいい案がなくて」

「なつめさんはいつも、お菓子のことを考えているのね」

しのぶはにっこりと微笑んで言った。何げない物言いだったし、似たようなことはこれまでも言われたことがある。その時は、それがしのぶの好意の表れに思えたものだが、今日はなぜかそう受け取ることができなかった。

「寒いでしょう。炬燵に入ってくださいな」

なつめの勧めに従い、しのぶは櫓《やぐら》の上に被せられた布団をめくり、中へ入った。

「温かいわ」

しのぶが笑みを浮かべて言い、なつめも座って布団の中へ膝を進める。

お茶を運んできたお稲が出て行くと、二人は改めて顔を見合わせた。小さな炬燵に二人で入り、同じ温もりを感じていると、離れていた間の時が縮まっていくような心地を覚える。なつめはしのぶを迎える前よりずっと落ち着いた気持ちになることができた。

「うちの店にいろいろあったことは、なつめさんの耳にも入っているのかしら」

やがて、しのぶが落ち着いた声で尋ねてきた。

少なくとも、今のしのぶがその「いろいろあったこと」によって、傷ついたり動じたりしているようには見えない。

「はい。噂《うわさ》ていどのことですが」

なつめが答えると、しのぶはゆっくりとうなずき、一つ小さなため息を漏らした。

「本当にいろいろあったわ。氷川屋は屋台骨が傾いているようなものなの。それなのに、私には何もできなくて。だからせめて毎日、お山の穴稲荷《あないなり》さんへお参りして、うちの店が立ち直れますようにとお祈りしているのよ」

なつめさんのようにお菓子作りの腕があればいいんだけれど——と、しのぶは寂しそうに呟いた。

「しのぶさんには、照月堂が困っていた時、何度も助けていただいて本当に感謝しています。もし、今、私に何かできることがあれば」

口先だけではなく本気であったが、しのぶはゆっくりと首を横に振った。

前に、氷川屋がなつめを引き抜こうとした時、それが父親の策謀であると承知の上で、しのぶ自身もそれを望んでいた。あり得ないことだが、あの時、話を受けていたら、今どうなっていただろう。

「それよりも、なつめさんに話したいことがあって来たの」

やがて、しのぶは改まった様子で切り出した。次に続く言葉を理解して、なつめは思わず息を止める。

「来年の春、婿取りをすることになったんです。相手は、うちの職人の菊蔵なの」

そう告げた時のしのぶの表情は、見たこともないほど大人びて見えた。そして、その表情には娘らしいはにかみや、婚礼を待ち望む喜ばしさのようなものはうかがえなかった。

まるで、自分の婚礼は氷川屋のためにすることであり、そこにしのぶ自身の感情が入り込むことは許されないと、わきまえているというような表情であった。

なつめの内心に潜む想いを知り、あえてそう振る舞っているのか。それとも、菊蔵を想う気持ちより、氷川屋のための婿取りだという自覚が多くを占めているのか。

「おめでとうございます、しのぶさん」

なつめはできるだけ落ち着いた物言いになるよう心がけながら、祝いの言葉を述べた。笑顔を見せるべき場面であったが、ぎこちないものとなるのが恐ろしくて、少しうつむき加減になる。

大きな驚きを見せないなつめの反応に、

「知っておられたのね」

と、しのぶは呟くように言った。自分の口から告げられなくて申し訳ないという気持ちが、その声からはうかがえた。

「実は数日前、たまたま店に来た辰五郎さんから聞いたんです」

なつめは答えてから顔を上げ、わずかに微笑《ほほえ》んだ。

「そうだったのですか。辰巳屋のご主人には、うちの父さまが頭を下げてお頼みしていることがあるの。なら、そのお話も？」

辰五郎を親方に迎えたいという申し出のことだと思い、なつめは黙ってうなずいた。

その返事に無関心なはずはないが、しのぶはそれ以上、なつめに問いを重ねることはしなかった。

「婚礼はこんな時だから、ささやかなもので済ませるんです」

さして残念そうでもなく、しのぶは告げた。

「そうですか」

「これからは、なつめさんと食べ歩きなんてできなくなってしまうわ」

しのぶの声には再び情感が戻ってきていた。

「寂しいです。前にご一緒していただいた時はとても楽しかったから」

しのぶはこれから若おかみとして、氷川屋の立て直しに奮闘することになるのだろう。その立場で余所の店の食べ歩きをするのはふさわしくない。それに、店のことで忙しくなるしのぶとは、会うことすらままならなくなると思われた。

なつめはじっとしのぶを見つめた。気がつけば、しのぶもなつめを黙って見つめていた。

「なつめさん」

しのぶが名を呼び、炬燵の中に入れていた両手をそっと櫓にかぶせた布団の上に置いた。

「はい」

なつめもまた、両手を出して布団の上に置く。しのぶがその手を握り締めてきた。

「私のこと、これからもずっと友だと思っていてくれますか」

「ええ」

返事に迷いはなかった。だが、答えた途端、鼻の奥の方がつんと痛んだ。

「……もちろんよ、しのぶさん」

なつめはしのぶの手を握り返した。

「ありがとう、なつめさん」

二人はもう一度しっかりと手を握り合った。やがて、もう帰るからと言って、先に手を放したのはしのぶであった。

なつめは見送りに玄関まで出た。お稲の夫の正吉が駕籠を呼びに行っているほんの少しの間、そこで一緒に過ごした。が、炬燵に入っていた時のような親密さはもうなくなっていた。

「本当に寒くなって。しのぶさん、気をつけてお帰りください」

「ええ。なつめさんもお仕事が大変でしょうけれど、お体には気をつけてくださいね」

当たり前の挨拶を交わす時も、どこかぎこちなさが感じられた。自分たちはこのまま疎遠になってしまうのだろうか。そう思うと寂しくてならず、その前に何か言っておかなければならないことがあるような気がした。しかし、何を言えばいいのか分からない。

(しのぶさんは菊蔵さんのことが好きなのですか)

もっと前に訊いておくべきだったかもしれない問いかけ。だが、それは尋ねる機会を永遠に失ってしまった。今さら問いかけたところでどうにもならない。その通りよとしのぶが認めようが、そんな気持ちはないわと答えようが、しのぶと菊蔵が夫婦となる将来が覆るわけではないのだ。

――なつめさんは菊蔵のどこが好きだったの?

ふとしのぶの声が聞こえた気がして、なつめははっと顔を上げた。が、しのぶは正吉を待つふうに外を見ており、なつめの方を見てはいなかった。

それでも、頭に浮かんだしのぶからの問いに、なつめの心は勝手に言葉を紡いでいく。

(私は……菓子作りを語る菊蔵さんの横顔が好き。菓子を作っている時の、怖いくらいの真剣な表情が好き。それから)

折々に胸に刻んできた菊蔵の面影が浮かび上がり、言葉は次々にあふれてくる。

(喜久屋《きくや》の餡を再現したいと言っていた、あの目の輝きが好き。餡を再現できたと言った時の、はにかむような笑顔が……)

好きでたまらなかったの――胸の中で告白したその時、しのぶの眼差しがなつめの方に戻ってきていた。しのぶは何も言わず、静かな優しい眼差しで、なつめを見つめていた。

ごめんなさい、なつめさん――その目はそう言っているようにも見えた。

(いいえ、私の方こそ)

心の中でしのぶに答え、なつめは静かに目を伏せた。

(私は菊蔵さんをお慕いしていました。でもね、しのぶさん)

勇気を出して目を開けると、しのぶはまだなつめを見つめていた。

(私はしのぶさんのことも大好きなの)

これからも、ずっと変わることなく――。

やがて、こちらへ向かってくる提灯《ちょうちん》の明かりが見えてきた。しのぶの眼差しがそちらへ向けられ、二人きりの時は終わりを告げた。

正吉が戻って来て、駕籠屋が木戸を出たところで待っていると知らせる。

「それでは、なつめさん。ご機嫌よう」

「しのぶさんもお気をつけて」

二人は静かに言葉を交わし、そこで別れた。心の中には優しく切ない痛みが鈍く残った。

五

十一月十日、店を閉めた後で、久兵衛、太助、なつめ、文太夫は仕舞屋の居間に顔をそろえた。

「おう、二人とも自信があるようだな」

久兵衛は楽しげに言った。

太助は黙っているが、気が気でないといった様子。甥の文太夫がちゃんと店の役に立てるかどうか、親が子を案じるように気にかかってならないようだ。

「まずはなつめからだな」

久兵衛がなつめに目を向けて言った。

「はい」

なつめは緊張した面持ちで返事をした。

「私は落雁の意匠について考えてきました」

まず、菓子の種類を告げる。落雁そのものの作り方は特別なものではない。先日、久兵衛が作った落雁の欠片と、氷川屋の落雁〈梅の花〉を食べ比べ、久兵衛の落雁の腕前の確かさをしみじみと実感した。

「ほう、落雁か。で、表面に何を型押しする」

久兵衛は、なつめが落雁を持ち出すことを予測していたのか、落ち着いて訊き返した。

「まず、落雁そのものはふつうの六角形にします。色は混じりけのない白。そして、その上に六つの花の意匠を型押ししてはどうか、と」

こんなふうに——と、そこでなつめは絵を描いてきた紙をその場に広げてみせた。

六つの花の意匠は、しのぶの着ていた小袖の紋様をもとに、少し手を加えたものだ。すべては直線だけで描かれた、草木ではない花の形。それが正六角形の上に正確に描き出されている。

「ほう。で、菓銘はどうする」

久兵衛が尋ねた。

「型押しした雪の意匠と落雁の口どけの感じを生かし〈雪ひとひら〉と」

「〈雪ひとひら〉か」

久兵衛が腕組みをして、初めて唸るような声を出す。

「はい。初めは、旦那さんとお話しした時に出た〈淡雪〉と思ったのですが、淡雪は春先に降るものです。冬の菓子というご注文にふさわしい名はないか、と思いまして」

「そうだな。氷川屋の落雁じゃねえが、時節を先取りしすぎるのも考えもんだ」

久兵衛は〈雪ひとひら〉と口にしながら、目を閉じていた。なつめの絵からさらに想像を発展させ、実際の菓子の姿を頭に思い描いているのかもしれない。

ややあって、目を開けた久兵衛は、眼差しを文太夫の方に向けた。

「次は文太夫の番だな」

その言葉に、文太夫はぴんと背筋を伸ばした。

「私はどんな菓子なのか、くわしい説明はできないのですが、思い描いたのは茶席で出される主菓子でございます」

「ああ、お前ならそうなるだろう」

「私はこのような形を描きました」

口で説明するより、絵を見せた方が早いと思ったのか、文太夫は初めから持ってきていた帳面の一葉を開いて、久兵衛の方に向けて差し出した。

菓子の絵の下に〈雪葛城〉と書いてある。それが菓銘のようであった。

「〈雪葛城《ゆきかつらぎ》〉というのか」

「いいえ、ふつうは『かつらぎ』というのですが、お能では『かづらき』といいまして。『ゆきかづらき』とお読みください」

と、一つうなずいた後、久兵衛は能の内容を説明してくれと、文太夫を促した。そこは得意な方面のことであるから、文太夫の口も滑らかになる。

「承知つかまつりました」

大仰な返事をした文太夫は、そこから能「雪葛城」について語り出した。葛城の神が雪の中、旅人を自らの宿に迎え入れるという話だという。その旅人に暖を取らせるため、能の中では「標《しもと》」と言われる細枝をかき集める逸話が語られる。

「そこから、標の上にうっすらと雪のかかった感じを絵にいたしました。銘は〈雪葛城〉。この能は今では『葛城』と呼ばれるのですが、古くは『雪葛城』といいました。この菓子には古名の方が似つかわしいかと。能の筋書きをご存じの方には、これが標を表したものと分かる趣向でございます」

「なるほどな。俺は『雪葛城』の能を知らなかったが、北村さまや出羽さまならご存じだろう。菓銘からそれと気づかれるはずだな」

久兵衛は感心した様子で言い、それから、

「細枝は煉り切りで作れるとして、この雪の部分は何で作るか。〈菊のきせ綿〉のように葛《くず》でもいいかな」

と、楽しげな口調で続けた。

「どうなんでございましょう、旦那さん。文太夫はお役に立ちましたか」

太助が恐るおそるという様子で、久兵衛にお伺いを立てる。

「何言ってんだ、番頭さん」

久兵衛は声を上げて笑い出した。

「方々《かたがた》が求めておられるのは、まさにこういう趣向の菓子なんだ。俺には思いつかねえところを、文太夫が補ってくれている」

文太夫はもう立派なうちの支え手だよ――と言われ、太助の顔が綻《ほころ》んだ。が、すぐにその顔を引き締め、厳しい表情を作ると、それを文太夫の方に向けて言う。

「旦那さんはこうおっしゃってくださってるが、菓子屋の奉公人としちゃあ、お前はまだまだだ。精進し続けなければいけないぞ」

「はい。分かっております」

文太夫はどこまでも素直に答える。

「番頭さん、文太夫は餓鬼じゃねえんだから」

そこまで言う必要はねえと久兵衛が言うのに対し、いやいやそんなことはありませんと、太助が応じている。

（このお菓子の風雅さは、文太夫さんの精進によって培われたものなのだわ）

自分ももっとさまざまなことに磨きをかけていかなければ、となつめは思った。

こうして菓子の案の披露が一段落すると、久兵衛は改めてなつめに目を向けた。

「お前の出した案は、その通りに作って店に出せるもんだ。形もいい。菓銘もいい。出来上がった菓子の形がそのまま思い浮かべられた」

「本当ですか」

なつめの顔も声も明るさを帯びた。

「さっそく六つの花の木型を注文しよう。それさえありゃ、すぐにでも作れる」

これを機にお前も落雁の作り方をしっかり覚えるんだなと、久兵衛から言われ、なつめは目を輝かせた。

「それでは、冬至の日にお届けする菓子は、落雁の〈雪ひとひら〉で決まりでしょうか」

太助が番頭の顔に戻って尋ねるのへ、「いや」と久兵衛は迷うように言った。

「まだ候補の一つというだけだ。無論、〈雪葛城〉も試しに作ってみる。〈柚子香〉もあるし、俺自身、考えてる菓子もある。それに――」

と、久兵衛は三人から目をそらし、少し遠い眼差しをして先を続けた。

「供する菓子は数品あっていいだろうと、俺は思っている」

久兵衛の考えの先にあったものを、なつめがはっきりと目にしたのは、冬至を三日後に控えた十八日のことだった。

この日、久兵衛は柳沢保明と北村季吟に届ける菓子一そろいの試作を披露した。この日は店を閉めた後の居間の集まりに、いつもの四人以外も集められている。市兵衛におまさ、子供たち三人も加わり、総勢九人の賑やかさであった。

実際のお届け物のように、それらは二つの食籠《じきろう》に形よく入れられ、蓋も被せられて居間へと持ち込まれている。

「よし、なつめ。お前が蓋を取れ」

久兵衛から言われ、なつめが蓋を取った。

子供たちが我も我もと身を乗り出すようにして、食籠の中をのぞき込む。その口々から「わあ」というため息のような声が漏れた。

「これ、新しい〈六菓仙〉？」

と、一呼吸置いてから、亀次郎が尋ねる。

かつて北村季吟に届けた主菓子〈六菓仙〉を、亀次郎はしっかりと覚えていたようだ。

「いや、新しい〈六菓仙〉じゃねえ」

久兵衛が答えた。

亀次郎が〈六菓仙〉と訊いたのは、六種の菓子が入っていたからだろう。

　饅頭一種　〈南瓜饅頭〉
　餅菓子一種　〈椿餅〉
　羊羹一種　〈水羊羹《みずようかん》〉
　煉り切り二種　〈雪葛城〉〈柚子香〉
　落雁一種　〈雪ひとひら〉

なつめが、久兵衛の言いつけによりしたためた品書きを、まず市兵衛に渡した。

「ふうむ。〈柚子香〉は前々からうちで作っていた菓子だね。〈水羊羹〉や〈椿餅〉は確かに冬のものだが、どこの菓子屋でも出している。北村さまたちにお届けする中に、こういう当たり前の菓子を入れてもいいのかね」

市兵衛が落ち着いた声で久兵衛に問うた。

「そこは俺もさんざんに考えた」

久兵衛はその問いかけを予想していたようであった。

「だが、他の菓子屋でも作ってるものは、味一つの勝負になる。それはそれで味わっていただきたいと、俺は思った」

久兵衛は静かな闘志のこもった声で言った。

「それに、六つの中にはあちらがお求めになる、ひねりの利いた茶席の菓子もちゃんと入ってる。〈雪葛城〉と〈雪ひとひら〉はこいつらが考えた菓子だ」

と、久兵衛は文太夫となつめを示して言う。

「そうだったの？」

子供たちが興味を示し、なつめたちと菓子とを見比べながら、どれがその菓子なのかと探し始めた。

「これ、雪のお菓子だよ。だって、真っ白だもん」

と、亀次郎が落雁を指して言えば、富吉が〈雪葛城〉を指さし、

「こっちのお菓子の上にのってるのも、雪じゃないのかなあ」

と、ゆっくりと言いながら首をかしげている。

「うん。富吉の言う通り、雪だと思うよ」

郁太郎が言いながら、久兵衛に目を向けて、

「このお菓子、〈菊のきせ綿〉の綿みたいに、葛をのせてるんだね」

と、にっこりした。

「そうだ。この葛は雪に見立てている」

久兵衛は文太夫仕込みの能の知識を披露し、その菓子が〈雪葛城〉であること、落雁が〈雪ひとひら〉であることを子供たちに教えた。

「まあ、そんなことで味を見てくれ。まずはお前たちが好きなのを選ぶといい」

久兵衛は子供たち三人に目を向けて言った。三人は喜びの声を上げたが、

「ご飯が食べられなくなっては駄目よ。ほどほどにしておきなさい」

おまさがすかさず注意した。

「じゃあ、おいらたち、皆で少しずつ分けながら食べるね」

郁太郎が音頭を取り、子供たちはわいわい言いながら、菓子を選んで分け始めた。

「私は食べたことのない新作をもらおうかね」

市兵衛が言った。〈雪ひとひら〉と〈雪葛城〉である。おまさと太助もまったく同じ意

見だったのだが、

「そう言うだろうと思って、この二つは多めに用意してある」

久兵衛が笑って言い返す。

なつめは新作の菓子二つをそれぞれの皿にのせ、黒文字を添えて三人に渡した。

「きれいだわあ。本物の雪で作られてるみたい」

おまさが〈雪ひとひら〉を見て声を上げ、

「私は〈雪葛城〉の渋さがさっきから気になっていてね。年寄りの目にはちょうどいい」

と、市兵衛は言った。太助は菓子を見ながら心を揺さぶられているようだが、〈雪葛城〉の案を出したのが甥の文太夫であるためか、あえて何も言おうとしない。

「いただきましょう」

市兵衛の言葉で、大人たちもそれぞれ菓子を食べ始めた。

誰もが一口目を口に入れた直後、ほんの少し目を閉じ、優しく満ち足りた表情を浮かべている。

それを見ることこそ、菓子職人の何よりの仕合せ。なつめは〈雪ひとひら〉を味わっている富吉を見つめながら、その思いを静かに嚙み締めていた。

六

冬至の二十一日、久兵衛は冬の菓子六種を完成させた。試作の時よりも、さらに味わい、色合い等に磨きがかかっている。

注文は北村季吟と柳沢保明の双方から受けていたが、いずれも北村家へ届けるようにとのことで、太助が二つの食籠を携え、出かけて行った。これまでと違うのは品書きを添えたことだ。それにより、まだ照月堂の者と面識のない柳沢保明にも、菓銘を知らせることができる。

そして後日、北村季吟から呼ばれた久兵衛は、自ら屋敷へ出向いていった。帰って来た時は昂奮《こうふん》した面持ちで、

「北村さまはな。出羽さまとご一緒に菓子を御覧になったそうだ。無論、〈雪葛城〉の由来はすぐお分かりになり、出羽さまはその場で『雪葛城』の謡《うたい》を口ずさまれたというぞ」

と、待ち受ける人々に、早口で語った。続けて、「出羽さまがお謡いになったのはここだ」と前置きするなり、

「月白く雪白く、いづれも白妙の景色なれども、名に負《お》ふ葛城の神の顔かたち」

と、謡まで披露してみせた。さまになっているのは〈雪葛城〉を作るに当たり、能の背景を学ぼうと、文太夫から「雪葛城」の謡を習っていたからである。

「〈雪ひとひら〉も六つの花を形にしたところに新味がある、とお褒めくださった。だが、俺が何より嬉しかったのは――」

と、久兵衛はそこで一呼吸置いてから、一気に告げた。

「冬の菓子六種を一そろいにして、新たな銘をお授けくださったことだ」

声にならない驚きと感動がその場に満ちた。

「それは、たいそうなことでございます」

ややあって、最初に口を開いたのは文太夫であった。

「名付け親なる言葉があるように、名付けは名付けた者と名付けられたものとの間に、深い絆があることを示す証《あかし》。これは、旦那さんの菓子に対し、出羽さまと北村さまがその後ろ盾になるとおっしゃったも同じでございましょう」

「そういうことなのか。いや、大変なご厚意と思っちゃいたが」

「一そろいの銘とは、お前が前につけた〈六菓仙〉のようなものだね」

市兵衛が興味深そうな表情で口を挟んだ。六歌仙の歌をもとに拵えた主菓子六種の総称、それが〈六菓仙〉である。久兵衛はなおも昂奮した面持ちで「ああ」と答えた。

「名をつけるに当たっては、楽しい思いをさせてもらったと、北村さまは過分なお言葉をくだされた。出羽さまも楽しげに意見を出してくださったそうだ」

「それで、新しい銘とは何なのでございますか」

待ちきれないという様子で、太助が尋ねる。すると、久兵衛は懐からおもむろに一枚の紙を取り出し、それを広げてみせた。どうやら、名を書いた紙を頂戴してきたらしい。

そこには、少し線の細い見事な達筆で、〈六花園〉と書かれていた。

「りっかえん、と読む」

久兵衛はいつになくもったいぶった口ぶりで告げた。

「『六花』には雪と六種の菓子がかけられているんだね」

市兵衛の言葉にうなずきつつ、「それだけじゃねえんだ」と久兵衛は言う。

「六は和歌に関わりの深い数字なんだそうだ。六歌仙しかり、三十六歌仙しかり、『古今和歌集』では和歌のありようを六つに分け、それを『六義《むくさ》』と呼ぶらしい。お届けした菓子が六品だったことに縁を感じたとおっしゃってくださった」

久兵衛が教えられてきた知識を披露し終えた時、

「ところで、旦那さん。この横の添え書きは何ですか。歌か謡のようですが」

〈六花園〉と記された紙の端の方に、少し小さな字がしたためられているのを指して、なつめは尋ねた。

「そうそう。それは〈雪ひとひら〉の話をしていた時、出羽さまがふと呟かれた和歌なんだそうだ」

北村季吟が気を利かせて、したためてくれたということらしい。


ふゆごもり思ひかけぬをこのまより　花と見るまで雪ぞふりける

花を見るとは思わなかった冬ごもりの最中、木の間から雪の花が降ってきた、ということの歌は『古今和歌集』にある紀貫之《きのつらゆき》の作であった。雪のひとひらの形が六つの花弁を持つ花に見える――それを踏まえた菓子の形と銘の由来を、こちらの思惑以上に受け容れてもらえたらしい。

「〈雪ひとひら〉の菓子も銘も、出羽さまにご満足いただけたということかな」

市兵衛がにこやかな笑顔で言うと、久兵衛は「ああ」と満足そうにうなずき返した。

「何はともあれ、〈六花園〉の銘をいただいたお前はもちろん、文太夫さんやなつめさんの面目も立ったというものだ。出羽さまが謡や和歌を口ずさんでくださったんだからね」

これはすごいことだよと言って、市兵衛が文太夫となつめに微笑みかける。

「とんでもないお言葉でございます」

「いえ、私などは何も」

文太夫となつめが同時に言い、顔を見合わせるのを見て、皆が笑い合う一幕もあった。とにかく柳沢保明という力強い味方を得られたのはすばらしいことだと、一同、声を上げて言い、いまだ昂奮静まらぬままではあったが、ひとまずその場はお開きとなる。

太助と文太夫が挨拶をして引き取った後、なつめは思い切って久兵衛に声をかけた。

「あの、北村さまへのお届けが終わってからお願いしようと思っていたことがあるのですが」

いつもより改まったなつめを前に、久兵衛は静かな声で「何だ」と訊き返した。

「実は、氷川屋のしのぶさんに、ご婚儀のお祝いを差し上げたいんです。ご婚礼は来年の春だそうですが、ご縁談が調ったお祝いということで」

「そうか」

久兵衛はうなずき、なつめの言葉の続きを待つ様子である。

「菓子屋のお嬢さんにお菓子を贈るのも何ですが、私は〈雪ひとひら〉をお贈りしたいと思っています。日持ちもしますし、先日しのぶさんがお召しになっていた小袖の紋様から、〈雪ひとひら〉を考えつけたというのもありますし」

「ふうむ。〈雪ひとひら〉を贈るっていうのは悪くねえ。雪の形を押した落雁はめずらしいだろうしな。お前が考えたと聞けば、お嬢さんも喜ばれるだろう」

「それでは」

なつめが明るい声を出すと、久兵衛は「まあ、待て」と遮って先を続けた。

「俺に否やはねえが、そういうことなら、なつめ、お前が一から作ったらどうだ」

「え、私がですか」

今回、落雁を作る久兵衛の技や手順はしっかり学ばせてもらった。だが、なつめの仕事は型に生地を詰め、それを取り出す作業だけだった。

「手順を見ていたなら言ってみろ」

なつめは再び緊張した面持ちになり、改めて口を開いた。

「寒梅粉に砂糖と水飴、ほんの少しの水を加えて煉り込み、生地を作ります。これを手早く型に詰め、しっかりと押した後、ひっくり返して取り出します。後は乾かして、固まるのを待つだけです」

「最も注意するべきところはどこだ」

「砂糖を一度すり鉢でしっかり細かくすること。それをふるいにかけて、とにかく滑らかで軽い口どけを目指すことです」

「そうだ。手間はかかるが、ここを飛ばしたら、あの口どけの感じは出ねえ」

久兵衛はなつめの答えに満足した様子でうなずき、先を続けた。

「よし、落雁は毎日作るわけじゃねえが、少しずつお前自身の手で学んでいけ。婚礼が来年のことなら、今すぐ渡さねえでもいいだろう。来月のうちに作り上げられりゃいい」

「はい。ありがとうございます」

しのぶのために、また菓子を作れる。そのことは純粋に嬉しかった。自分が形と菓銘を考えた菓子であることも嬉しい。

菊蔵のことを思えば、寂しさと切なさに胸が痛むのは変わらないが、先日の別れ際、しのぶを大好きだと思った気持ちは本物だ。その思いを口で伝えるのは難しいが、菓子で伝えることはできる。そのためにも〈雪ひとひら〉を完璧に作り上げたい。

(今の私にできるのは、お祝いの菓子を作ることだけ)

紅色の地に六つの花の紋様を散らした小袖姿が、ふっと瞼《まぶた》の奥に浮かび上がった。

それから、ひと月ほどが過ぎた師走《しわす》も下旬の頃、なつめは〈雪ひとひら〉を手に氷川屋へと向かった。

めでたいことを祝う品なのに、白一色だけというのは少し寂しい。そう思ったなつめは久兵衛に相談して、紅色の〈雪ひとひら〉も作ることにした。

春もうすぐそこだというのに、この冬一番とも言えるような寒い日で、空は薄墨色に曇っている。念のため傘を手にしたなつめは、この日は寄り道せず、まっすぐ氷川屋へと向かった。忍岡《しのぶがおか》神社にもしばらく寄っていなかったが、果たすべきことをし終えた後、落ち着いた心持ちでお参りしようと思う。

店へ行くか、住まいを訪ねるか、少し迷ったが、住まいへ突然押しかけるのは遠慮がされた。それに、そこへ行くには裏通りから厨房の脇を通って進んで行く道しか知らない。

万が一にも、菊蔵と鉢合わせるようなことになるのは避けたかった。しのぶには何とか祝いの言葉を述べることができたが、菊蔵相手に同じことを言える自信はない。

なつめは店へ向かい、以前より客の少ない店の様子をうかがいながら、出迎えた小僧に告げた。

「こちらのお嬢さんの知り合いでございます。大休庵より参りましたとお伝えいただければ、分かっていただけると思うのですが」

すると、小僧はたちまち申し訳なさそうな表情を浮かべた。

「生憎、お嬢さんは主人と共に、お得意さまへの挨拶回りに出ておられまして」

「……そうですか」

遊びに出かけたわけでも、習い事に出かけたわけでもない。しのぶは店の商いを立て直すべく、氷川屋の娘としての自覚を持って行動しているということだ。

「少しお待ちいただけますなら、お戻りになられると思うのですが」

小僧からはそう言われたが、しのぶが父と一緒に出掛けているなら、勘右衛門に出くわす恐れがある。それは避けたかった。

「それでは、しのぶさんにこれを渡していただけるでしょうか」

なつめは風呂敷包みをそのまま小僧に差し出した。もう一度、大休庵からと伝えてもらうよう小僧に念押しし、なつめは氷川屋を後にした。

来た道を戻り、忍岡神社へと向かう。道すがら、しのぶと一緒に忍岡神社へ立ち寄った時のことや、神社を待ち合わせにしたことを思い出した。

穴稲荷さん――と、しのぶはこの神社を呼んでいた。しのぶ自身の名前がこの神社に由来したものだと聞いたこともある。亡き母とこの神社へお参りした時の話も聞いた。

（しのぶさん……）

神社の前まで来て、立ち並ぶ朱色の鳥居をいくつもくぐり抜けながら、なつめは友のことを思い続けた。

初めて会った時、しのぶは氷川屋を飛び出した安吉の忘れ物を届けに、わざわざ照月堂を訪ねて来たのだった。氷川屋がたい焼きの屋台売りを始めた時も、照月堂へ急いで知らせに来てくれた。二人が疎遠となった時には、仲直りするため大休庵へ足を運び、なつめの帰りを外で待っていてくれた。

折々に見せてくれた、友の優しさが思い浮かぶ。

なつめはやがて社殿に進み、いつものように手を合わせた。が、そのまま帰る気にはなれず、いったん神社を出て上野の山を散策した。この山にもしのぶとの思い出がある。

（今年の春、しのぶさんと一緒に、ここでお花見をしたのだったわ）

あんなに楽しいお花見はしたことがない。一緒に日本橋まで歩いて食べた桔梗屋《ききようや》の桜餅、上野ではしのぶの用意してくれた弁当を食べ、茶屋で桜団子を食べた。

あの頃は、この先もしのぶと楽しい思い出をいくつも作っていけると考えていた。あんな楽しいひと時はもう二度と手に入れられないものだったのに。

なつめの足は花見の時と同じ道をたどってから、再び忍岡神社の前へ戻って来た。

もう一度鳥居をくぐり抜け、しのぶが好きだと言っていた母子狐《きつね》の石像の前で足を止める。母狐が優しい微笑みをなつめに投げかけていた。

かつて、しのぶはこの狐の母子像の前で「私と仲良くしてくれるんですか」と恐れるように尋ねたことがあった。

――母さまがなつめさんに引き合わせてくれたんじゃないかなって、今、思えるんです。

この神社が縁結びの神さまだと教えてくれたのもしのぶであった。

なつめは袂《たもと》からそっと、小さな紙包みを取り出した。しのぶに贈ったのと同じ〈雪ひとひら〉の紅白一そろいが入っている。大休庵に持ち帰るつもりだったが、なつめはそれを狐の母子像の前にお供えした。

（おめでとうございます、しのぶさん）

目を閉じて、両手を合わせる。面と向かって言えなかった代わりに、しのぶがずっと思いを寄せてきた狐の像に向かって、心からの祝いを述べた。

ややあって気持ちを切り替え、踵《きびす》を返そうとしたその時、冷たいものが頬《ほお》に当たった。

つと空を見上げると、真っ白な小雪がひとひら、またひとひらと、舞い落ちてくるのが見えた。

本書は、ハルキ文庫のために書き下ろされた作品です。

引用和歌・漢詩

◆その道に入らんと思ふ心こそ　我身ながらの師匠なりけれ（『利休百首』）
◆ならひつつ見てこそ習へ習はずに　よしあしいふは愚かなりけり（『利休百首』）
◆忘るなよ程は雲ゐになりぬとも　空行く月のめぐり逢ふまで（橘忠幹『拾遺和歌集』『伊勢物語』）
◆水の面に照る月なみをかぞふれば　今宵ぞ秋の最中なりける（源順『拾遺和歌集』）
◆塒立て飼ひし雁の子巣立ちなば　檀の岡に飛び帰り来ね（皇子尊の宮の舎人『万葉集』）
◆ふゆごもり思ひかけぬをこのまより　花と見るまで雪ぞふりける（紀貫之『古今和歌集』）

参考文献

◆『江戸近世暦―和暦・西暦・七曜・干支・十二直・納音・二十八（七）宿・二十四節気・雑節』（日外アソシエーツ）
◆淡交社編集局編『利休百首ハンドブック』（淡交社）
◆石田穣二訳注『枕草子』上・下巻（角川ソフィア文庫）
◆犬養廉校注『新潮日本古典集成　蜻蛉日記』（新潮社）
◆伊藤正義校注『新潮日本古典集成　謡曲集』上（新潮社）
◆金子倉吉監修　石崎利内著『新和菓子体系』上・下巻（製菓実験社）

◆藪光生著『和菓子噺』（キクロス出版）
◆藪光生著『和菓子』（角川ソフィア文庫）
◆清真知子著『やさしく作れる本格和菓子』（世界文化社）
◆宇佐美桂子・高根幸子著『はじめてつくる和菓子のいろは』（世界文化社）
◆『別冊太陽　和菓子歳時記』（平凡社）

編集協力　遊子堂

時代小説文庫
し 11-11

雪《ゆき》ひとひら 江戸《えど》菓《か》子《し》舗《ほ》 照月堂《しょうげつどう》

著者 篠《しの》 綾《あや》子《こ》

2020年2月18日第一刷発行
2020年3月8日第二刷発行

発行者 角川春樹

発行所 株式会社 角川春樹事務所
〒102-0074 東京都千代田区九段南2-1-30 イタリア文化会館

電話 03(3263)5247[編集] 03(3263)5881[営業]

印刷・製本 中央精版印刷株式会社

フォーマット・デザイン＆シンボルマーク 芦澤泰偉

ISBN978-4-7584-4321-0 C0193

http://www.kadokawaharuki.co.jp/[営業]
fanmail@kadokawaharuki.co.jp[編集] ご意見・ご感想をお寄せください。